DEVIL
DREAM
REVELATION

啟動量子解密
×
夢境與現實交錯
×
區塊鏈平行宇宙

《晶靈科幻系列之一》

魔夢
啟示錄

量 子 解 密 之 旅

林月菁 博士——著

科學系的大學生晶靈，透過一系列連續夢境，無意間進入了魔夢世界，並發現該空間被改建成區塊鏈系統，以加密幣進行跨宇宙的洗黑錢活動。

目錄　contents

卓越創造力，
把科幻小說帶到新的層次！

　　我在香港大學工作時有幸認識了作者林月菁博士。她擁有資訊科技的學位，對科學和尖端技術有著深刻的理解。作為一位在男性主導的科技領域中取得卓越成就的女性，林博士的成功令人敬佩。

現實與幻想交織，巧妙融入神秘和懸疑元素

　　《魔夢啟示錄：量子解密之旅》是林博士的科幻系列的第一部，小說主角晶靈是她的化身。透過晶靈的經歷，小說引導讀者進入一個現實與幻想交織的世界。作者巧妙地結合了自身的實際經驗、豐富的想像力和對科技的深入認識，創造出一個充滿複雜性和神秘感的故事系列。

　　這部小說探討多個前沿理論，包括量子物理、區塊鏈技術、全息圖和人工智能。儘管這些概念相當深奧，作者卻能巧妙地將它們轉化為易於理解的內容，使讀者能夠輕鬆消化。

　　書中還巧妙融入了神秘和懸疑的元素，晶靈反覆做夢的經歷，以及夢中出現的全息圖人，還有她穿梭在不同時間線遇到的人和物，進一步增添了故事的吸引力。

每一頁都編織著複雜的科學理論

然而，書中描述的時空穿梭並非是完全虛構，而是基於量子物理學中的平行宇宙理論。

小說探討了 6,600 萬年前的生物大滅絕、虛擬幣和區塊鏈等主題，並提出一個引人深思的問題：中國傳統的十八層地獄是否實際上是不同的平行宇宙？傳承自例如衛斯理等經典科幻系列，這本書把科幻小說帶到了新的層次。

作為一名 IT 專家，作者以卓越的創造力將基於邏輯的科學與傳統的神秘概念相融合。在她的科幻作品中，每一頁都編織著複雜的科學理論，既引人入勝，又促使讀者思考科技發展對人類未來的影響，激發對未來人類命運的深刻思考。

陳龍生 教授
美國加州大學柏克萊分校
地球及行星科學客席教授

未竟之夢，
帶領讀者遊歷虛實人生

當我收到本書作者林月菁博士的邀請，為這本以量子電腦破解區塊鏈系統為主線的科幻小說寫一篇推薦序時，我還以為這只是一本科幻小說。

仔細讀完後，才發現這不單純是一本科幻小說，也是一段很有啟發性的魔夢經歷。

細緻描繪魔夢，寫出個人經歷和掙扎

林博士細緻地描寫女主角晶靈的一連串魔夢及身處夢境中的感受和掙扎。這些魔夢既能帶領她穿越不同時空，卻又互相連貫，透過加密技術形成夢境區塊鏈，就如今天的區塊鏈系統一樣。夢境區塊鏈亦牢牢將晶靈鎖住在魔夢中，幸得好友幫助，利用量子解密技術將夢境區塊鏈逐一剪斷，才得以脫離魔夢。

我認識林博士差不多 20 年，她是一名高材生、尖子，天資聰穎且勤奮上進，擁有資訊科技、工商管理及教育學等多個範疇的資歷。職場上也一帆風順，在很年輕時便已勝任大學的部門主管職務，套用現今的術語，她正是「人生勝利組」的一員。

林博士是一位謙虛的人，一向真誠待人，我和她相處多年，從沒有感到她一點高傲（我曾經在四間大學服務 30 餘年，接觸過不少天之驕子、學識淵博的青年才俊，他們總是給人一種孤高的感覺。）林博士樂於助人，身邊有很多要好的朋友，正如小說裡的安祖和小寶。

　　我特別欣賞林博士的「真」，這本小說真實地展現了她的經歷和感受，我更佩服的是她願意把這些個人的經歷和掙扎，毫無保留地與讀者分享。

夢的謎團，引領不一樣的時空重遇

　　有很多學術研究嘗試利用科學理論尋找夢的由來及剖析夢境，例如弗洛伊德的經典之作《夢的解析》，可是現在仍未完全解開夢的謎團。

　　每一個人所經歷過的夢境都不一樣，有瑣碎的，也有連貫的，有快樂的美夢，亦有痛苦的魔夢。每一個夢境都不受時空限制，讓造夢者處於不同時空的夢境，接觸當中的人和事物，卻又不能自由進出夢境。

　　這本小說內所敘述的，就是女主角晶靈過去多年所經歷過的一連串魔夢。夢境中晶靈穿梭不同時空，當中遇見一些熟悉的面孔，也遇見陌生的人和事物，很想離開卻一直被困在魔夢裡。

　　她雖然無法知道這些夢境的由來，但發現這些夢境都是以加密技術連繫，便利用量子解密技術剪斷鎖住自

已的夢境區塊鏈，脫離魔夢。

這本小說也讓晶靈帶領讀者經歷夢境，在九層地獄及天堂之間遊走，接觸天使及魔鬼，目睹大審判、善惡果報等像在聖經及佛經所形容的景象，既是熟悉但又是虛幻。

這本小說彷彿是告訴讀者，活在世上，要把握每一刻去累積寶貴的經歷，當下有緣遇上的人和事物，或許將來在被引領到不一樣的時空重遇。

我誠意推薦這本小說給各位去探討夢的啟示。

張景勝 博士
香港都會大學資訊總監

從夢境到人生，
探索宇宙的奇妙交織

　　「魔夢」是魔鬼之夢。魔鬼，在一些宗教翻譯本中被描述為明亮之星，又叫晨星。晨星即金星，在中國古代又稱太白。它極明亮，是全天最亮的星星。金星為地球的內行星，故其軌跡仰角不高，它有時出現在東方（啟明），有時在西方（長庚）。每當看到它時，我們不是將要迎接充滿朝氣的新一天，就是會陷入漫長的黑夜。

　　漫長的黑夜裡，人們會睡覺做夢。夢境從何而來？關於夢境的故事又有哪些？在《南柯太守傳》中，淳于棼歷盡人生的榮華富貴後，醒來才發現原來是一場夢。這正是南柯一夢的哲理：人生如夢，夢如人生。

　　夢如人生，故事中的女主角晶靈曾經歷了一系列連續的夢境，在夢中「生活」了超過半年，其真實的感覺，混雜在她的記憶，烙印在她的人生。本故事一開始敘述了她的連續夢，及後她在夢中得知男主角小寶的想法，於是醒來後去找他，以驗證連續夢境的真實性。

　　本故事的靈感，源自於我的個人夢境情節，並加以幻想和虛構，編織出一個引人入勝的奇幻世界。故事中涉及的題材「量子力學」與「區塊鏈技術」看似毫不相

關，但實際上，科學家們早已在研究如何能利用「量子糾纏」在無限距離即時傳遞數據；而「量子電腦」的強大性能，則能賦予虛擬幣「礦工」極速「挖礦」的解密能力，能製造假驗證以威脅區塊鏈系統的安全。

在本故事中，魔鬼為了禁錮晶靈，建造了夢境世界，並將夢境世界中的空間改建成區塊，使其成為一個區塊鏈系統，放置名為「魔夢幣」的加密幣，以作跨宇宙的洗黑錢活動。主角們駭入魔鬼的量子電腦，以高速運算製造假認證，攻擊夢境世界的區塊鏈系統，瓦解「魔夢幣」，並導致夢境世界崩潰毀滅，最後成功救出晶靈。

正如古語所言：「水能載舟，亦能覆舟。」對系統進行攻擊，未必一定是壞事。善與惡之水如兩條河流，自創世之初至末日終結，一直糾結不斷。

真實與夢境也如同兩條河流，在平行時空中，時而交匯，時而錯開，每一次做夢都是一場心靈歷險，每一次覺醒則是對自己的重新認識。在這條生命交織的河流中，珍惜每一次的相遇和經歷，正是這部作品想要分享的核心理念。現在，就一起探索吧！

晶靈

2024 年 2 月 14 日
東南天隅・晨星蔽懸

CHAPTER 1

夢境與現實的交錯

「啊！你是誰？等一下，不——」

每當夜深人靜，她總會被一個又一個的夢境所纏繞。

那是幾個月來的重複畫面：她被一個幻影追趕，無論多努力地逃跑，總是無法擺脫。幻影在夢中無形卻又強大，似乎在提醒她什麼，卻又讓她陷入更深的迷惑。

在重複的畫面中，她在不同的區域逃跑。在各個區域的牆壁上，都暗暗藏著奇怪的號碼：區塊 0221、區塊 0520、區塊 8088……。

在那裡，時間似乎靜止，周遭的一切都如同幻影，卻又真實得讓人懷疑自己究竟身在何處。

夢境彷彿成了一種魔咒，讓她在無數個夜晚裡陷入深深的思索與恐懼，這些夢被她稱作「魔夢」，而這個名字似乎蘊藏著某種古老的力量，令她無法自拔。

每次醒來，她都會摸著自己狂跳不已的心臟，生怕下一個瞬間再次跌入魔夢之中……。

你是否曾經遇到過一些陌生人，雖然與你素未謀面，他們卻擁有一個似曾相識的面孔？

晶靈，這位科學系的大學生，她的現實生活中，彷彿交錯著一連串的夢境，讓她時常無法分辨，哪一個才是真正的自己、真正的人生。

晶靈在學校認識了很多新同學。其中兩個人，給她

一種似曾相識的感覺，但在她的記憶中卻找不到他們的相識過程。這種感覺如同在夢中遇見了遺失的靈魂，讓她感到不安，甚至恐懼……。

這兩位同學，第一位叫做小寶，他是晶靈的同班同學，為人聰明，擁有一顆形狀如外星人「倒三角形」的頭，鼻子高挺，腦袋位置特別大，眼神閃閃，似乎擁有無窮的智慧。

對了！感覺就像《死亡筆記》中的主角一樣，是世界上最聰明的人，普通人沒能力與之溝通的那種！晶靈和他挺有緣分的，在分組學習活動中，他們總是在同一組。

雖然念的是科學，但是小寶非常博學，幾乎什麼都會。例如他很喜歡研究「密碼學」，教曉了晶靈一些基本的加密和解密方法，他們會在上課時候將加密的字條互傳通訊，同學們都看不明的字條，但他們還是能透過秘密的解密方式看得明對方說的話。**晶靈有點崇拜他，因為他的聰明才智遠遠超過她能想像的。**

另一位是計算機科學系的同學，名叫安祖。他是大學籃球校隊主將，投籃極準，基本上百發百中。他的性格有點害羞，說話時臉紅紅的，看上去比較靦腆。

晚上在學校的電腦室裡，他總是坐在最後一排，躲避導師的巡邏，暗中和旁邊的同學一起玩電腦遊戲。他還懂得利用電腦網路安全與駭客技術，防止教授們追蹤

到他們在網路上玩電腦遊戲的痕跡。

晶靈叫安祖「幸運星」，因為每次遇到困難時，安祖都會為她帶來好運，問題通常會無故地迎刃而解。

時光飛逝，三年的大學生活匆匆過去。畢業後，晶靈沒有特別與小寶和安祖聯繫，也漸漸忘記了當初對他們似曾相識的感覺。

直到一晚，在晶靈入睡後，她進入了一個夢境。

急促的腳步聲、呼吸聲、伴著陣陣的呢喃……，晶靈回頭，卻什麼也看不見，令人毛骨悚然。突然，低沉悠遠的古鐘聲響起，回音震動著耳膜。

晶靈再次回頭，這次發現自己身處一座神秘又古老的大學禮堂。禮堂牆邊有一張圓形的木桌，桌上擺滿了陳舊的書籍，傳來陣陣霉味。在那種令人不適的潮濕氣息中，隱約又散發著檀香的香氣。晶靈仔細察看，發現那木桌呈圓形，桌面上有美麗的年輪和紋理，看來是一大片檀香木的橫切面。

晶靈再向下看去，發現「木桌」竟然是一棵樹！不，是一棵樹的下半部。木桌的平面下是樹幹，地上凹凸不平，原來是一些樹根。

晶靈心中思索：「看來這裡原本生長了一棵檀香樹，不知道是誰在這裡建造了禮堂，然後索性把樹斬去，留下接近樹根的部分磨平拋光成為木桌。這棵樹應該是死了吧，怎麼卻令人感到它還是有生命呢？」

晶靈又想：「在一棵樹木中，年輪大約每年長一圈。樹木會朝向陽光生長，因此面向太陽的那一側木質增長得更快。故此，年輪之間距離較遠的一邊就是面向太陽的地方。我住在北半球，而靠近我這一側的年輪間距明顯較遠，所以我面對的是北方，而背對的是南方。」

晶靈把目光移向檀香木桌上的書本，那大約有十多本書，表面佈滿了灰塵，彷彿一碰便會化為碎片。這些書籍的作者，應該早已化作黃土，卻留下了沒被時間淹沒的知識。晶靈盯著一本陳舊的古書，似乎是塵封上百年的典籍，書名是《魔夢啟示錄：量子解密之旅》。

「量子不是新的概念嗎？為何會在古籍中出現呢？什麼又是『魔夢』？」

晶靈再看看古籍的作者，赫見名字是「晶靈」。

「作者也叫晶靈嗎？不是和我的名字一樣嗎？」

在疑惑之際，突然感到一股陰冷的氣息在背後掠過，她立刻又回過頭來。

這次，她驚覺自己和小寶站在大學禮堂的一角，禮堂的中央站滿了她在大學時期的同學，大約有 30 多人。

不知道為何，她心中湧起一陣強烈的擔憂情緒，情不自禁地哭了起來。

晶靈抹著淚水，在人群中四處張望，突然看見安祖從遠處一個門口走進來，她鬆了一口氣，並高興地向他揮手。

安祖跑過來，說：「天台的出口也被鎖上了！」

晶靈望向小寶，含淚道：「那怎麼辦？我們已經被困在這裡整晚了。禮堂大門被鎖上，只有連接大樓的後門可以出去，偏偏大樓的所有出口，包括天台的，也都被鎖上了。」

小寶抬起頭，沉思了片刻，然後問道：「窗戶呢？」

安祖搖了搖頭：「窗戶也都被鎖上，打不開。而且，窗外一片白茫茫的，什麼也看不到。」

「白茫茫的？」晶靈和小寶都感到困惑。晶靈說：「現在應該是凌晨兩三點了，怎會是白茫茫的？」

「在這個時間，家人聯繫不到我們，正常情況下，他們或警察應該已經來找我們了，但卻沒有。所以，這件事看來極不尋常。」小寶一邊喃喃自語，一邊走向禮堂大門。「打不開鎖的話，我們不如試試把門拆掉！」

晶靈和安祖跟隨他走到大門去。小寶在拆掉門鎖前，先檢查了一下大門。當他輕輕扭動門柄時，門鎖竟然發出「卡擦」的聲音，大門隨即打開了。

一瞬間，所有人緊繃的情緒都立刻放鬆下來！有位同學高喊道：「我們可以回家了！」

然而，歡樂只維持了兩秒，甚至只有一秒，因為當小寶打開大門後，大家並未看到預期中的街道，外面只是一片朦朧的白色。

一位名叫太陽的男同學大聲問道：「怎麼突然起這麼大的霧？」

太陽個子矮小，成績很好，畢業自一家著名的男校，但說話沒邏輯，卻自信滿滿，凡事都急著滔滔不絕地表達意見，喜歡貶低他人以提升自己。

晶靈放眼望出去，心想：「這些霧怎麼不像霧？」她望向小寶，驚覺一向最鎮定的他，眼神竟帶著恐懼。

小寶吸了口氣，迅速收起恐懼，並平靜地回應太陽：「外面不是霧，而是『虛空』！」他稍作停頓，搖頭說：「不！沒有所謂外面，因為是虛空，所以什麼也沒有！」

太陽有些不耐煩地問：「什麼叫沒有外面？你們看，門外面明明有空間，那些霧氣就是代表空氣很潮濕，難道你們都沒有讀過物理嗎？這些小事也要我教嗎？」他拉著兩位身旁的女同學說：「來！我們都回家去！」

那兩位女同學卻不相信太陽，各自後退了一步，並望著小寶等他的指示。太陽不置可否，挺著胸口自信地大步大步走到門前，順手推開了小寶。他邊走出大門邊說：「做男人不要畏首畏尾，要……。」

沒有人知道做男人要怎麼了，因為當太陽步出大門後，便瞬間消失了。他的聲音也是戛然而止，就像是電話通話突然斷線一樣，那個「要」字只說到一半，沒有尾音。

晶靈退後一步，緊緊抓住安祖的手臂，她感覺到自

己在顫抖，而安祖的身體也在顫動。

因為晶靈是站在小寶旁邊，所以當太陽推開小寶時，她就在太陽身邊。太陽就在他們面前不到半米的地方，憑空消失了！那種消失不是漸漸隱沒在霧中，而是突然間的消失！

那片白茫茫的東西就像在動畫中的死光一樣，太陽彷彿走進了死光之中，一個原本還在大聲說話的人，瞬間灰飛煙滅了！

全場鴉雀無聲。

突然，一個有如「全息圖」的人形立體影像從「虛空」的白霧中出現，向晶靈撲過來，彷彿要把她吃掉一樣！

這時，安祖衝過來，想撞開她！

「全息圖人」的影像越來越接近，與晶靈鼻子貼著鼻子！

晶靈驚醒過來！

「又是這個夢！」晶靈感到汗流浹背，喘不過氣，心跳得很快。她心想：「這個連續劇一樣的夢境，已經是『第三集』了！」

為什麼她稱之為「第三集」呢？因為晶靈已經做過這個夢兩次，每次都有不同的新劇情，就像是一部連續劇的不同集數一樣。

CHAPTER 2

迷失在夢境中的派對

夢境就像一部反覆上演的連續劇，每次入睡，晶靈都被這場夢的情節所吸引，卻又感到深深的困惑與恐懼。

晶靈第一次做這個夢的時候還是個少女。那時，夢中的她已經是個成年人，穿著漂亮的裙子，化著迷人的妝容，參加了一個聚會。在聚會中，她見到好朋友小寶和安祖。

這是一個聚餐，晚膳四人一桌，晶靈、小寶與安祖同桌。晶靈和小寶坐一邊，安祖坐在晶靈對面，而安祖的身旁是一個怪東西。

同桌的第四「人」，好像是一個「全息圖」投影一樣：半透明的身體，身上的顏色在閃動，紅紅綠綠，就像一個人的影像在用餐。

用餐的地點是大學的禮堂，建築風格古典，像是後文藝復興時代的建築，禮堂建築由花崗石柱支撐，樓底極高，給人一種非常莊嚴的感覺。禮堂中央，放了三排長桌，就像《哈利波特》電影中的禮堂聚餐擺設一樣。

席上，晶靈等三人有說有笑，分享大家生活中的趣事。「全息圖人」卻只是默默用餐，並不說話，他偶爾怔怔地望著晶靈發呆。儘管他很奇怪，也讓晶靈感到害怕，但因為他只是一個影像，大家並沒有太在意。

晚餐結束後，大家喝著酒，聊天談笑。快到午夜時分，眾人準備離開回家，卻感覺到不對勁：原來每個人都自斟自飲，侍應們早已離開，沒有人收拾。當有人試

圖打開禮堂的大門時，卻發現它被鎖上了。

這時，「全息圖人」緊盯著晶靈，令她感到全身發毛，心跳急喘，就像一隻小兔子被大獅子盯上，知道自己會被吃掉一樣，卻無計可施。即使晶靈站在他面前仍看不到眼睛，只能看到幽幽的閃動色彩，但那種注視讓她感到極度恐懼。

突然，他張開嘴巴。眼見嘴巴越張越大，晶靈將會被吃掉，而她卻驚嚇得呆住了，不能動彈！

安祖看見這情形，立即出拳擊打「全息圖人」，但只見他的拳頭在光影中揮舞，卻碰不到這個影像。

就在那紅綠閃動的大嘴巴碰到自己時，在被吞噬的一刻，晶靈尖叫著醒來了！

這是連續夢的「第一集」。

這個夢給晶靈留下了非常深刻的印象，因為她對那個「全息圖人」感到極度的恐懼，因此偶然也會記憶起來。但畢竟這只是一個夢，她和夢裡的兩位男孩在現實中本來並不認識，所以當過了幾年後遇到他們時，她只是感到一種似曾相識的感覺，但又回想不起在哪裡見過他們。

大學生涯中的三年間，他們在現實中相遇、相識、相伴，一起唸書，最後一起畢業。直到畢業後的幾個月，早已被遺忘了的夢境的「第二集」出現了。

「第二集」夢境的開始，是當大家發現大門被鎖住不能離開時，他們決定到禮堂的後門進入大樓走廊尋找出路。

　　這座大樓有十層高，設計有點特別，正門入面是一個禮堂，禮堂後方兩側各有一個出口，能讓人離開禮堂進入大樓的走廊。走廊連接其他房間，在最底層的房間內都有自己的大門通往室外。

　　禮堂的兩側出口和走廊沒有燈光，十分昏暗。晶靈隱約看到，走廊的設計風格獨特，以紅磚及麻石建成。

　　晶靈走近走廊的牆壁，看到牆上暗暗刻著一些奇怪的字符：「 區塊 0168：12000000000000000000000c6f6d2a5f4f3a4a8b9e8e7d8c6b9f1d2a3f5e4f1b2e9a3d2e3a2d2e4a3f5e6a7b8c9d0e1f2a3b4c5d6e7f8g9h0i1j2k3l4m5n6o7p8q2010042712004510000020832368 93tx1SleepinShinblades14DDCtx2MegaRetena5DDCtx3NicoRipped7DDCtx4GinTee610DDC……。」

　　「它們代表什麼呢？」晶靈用指尖輕輕觸碰牆壁上那些奇怪的字符，感到麻石牆壁是粗糙的，但刻著字符凹陷的位置卻出奇地平滑，有點像雷射打印在石頭上的效果。

　　晶靈躡手躡腳地走到第一間房間，欲打開房門，卻發現門被鎖上了。

　　由於他們發現大樓底層的房間和出口全部都被上

鎖，所以他們分成小組，每組三人，分別到不同的樓層搜查。晶靈、小寶以及安祖組成了一組，負責前往頂樓和天台。

大樓除了禮堂之外，電力供應已經中斷，周圍一片漆黑，電梯也沒有運作，眾人只能在黑暗中摸索前進。

晶靈這一組，在爬到接近頂樓的樓梯時，突然聽到樓下遠處傳來碎裂聲，劈劈啪啪，彷彿是杯碟被打破的聲音，不停地響起。

「聲音是從禮堂那邊傳來的！」小寶說道。「你們繼續往上走，我下去看看什麼情況。」

「小心點！」晶靈叮囑道。

小寶急忙離開後，晶靈和安祖繼續向頂樓前進。到了頂樓，他們分頭檢查周圍的門窗。起初，晶靈還能聽到安祖的腳步聲，但漸漸地，聲音越來越遠，最後只剩下自己的腳步聲了。

晶靈感到極度不安，她想回頭找尋安祖，卻找不到。他們在黑暗中失散了！

突然間，晶靈感到背後有光亮，她看見自己的影子映在牆上。她轉身一看，驚見「全息圖人」在閃爍！

她不禁尖叫起來，並急忙逃走。「全息圖人」一直追趕著她，似乎想和她交談。然而，晶靈感到極度恐懼，她找到樓梯，以接近滾下的速度逃離。

在驚恐中,她竟幸運地成功逃回禮堂,找到小寶。她抱著小寶痛哭,不斷回頭察看「全息圖人」是否還在追趕她,同時也擔心安祖的安危。

然而,「全息圖人」並沒有離開,他幽幽地飄向晶靈,穿過了她,再飄向小寶,最後與小寶的身體重疊在一起。

「停手!」安祖的聲音從遠處傳來!

晶靈嚇得不能動彈,因為這時,她看見面前小寶盯著自己的雙眼中,閃動著紅紅綠綠的全息圖色彩,像要把自己吞噬!晶靈尖叫著:「不!」

晶靈哭著,醒了。她從「第二集」的夢醒了。

她醒來後,「全息圖人」的影像仍然在她眼前徘徊,久久不散,彷彿凝結在半空中。她開了燈,抱著枕頭哭了很久。

晶靈本來已經對「第一集」的夢境漸漸淡忘,但在被「第二集」驚醒的剎那,「第一集」的情節突然全部湧現出來。

那刻,她才驚覺原來在很久以前,在現實生活中還未認識小寶和安祖前,便已經夢見過他們了!

之後幾個星期,那可怕的「全息圖人」影像不斷縈繞在晶靈的腦海中,即使晚上睡前關燈後,她仍然害怕他會突然出現。

她翻查一些書籍，瞭解到夢境是潛意識的表達，又或是大腦根據記憶所產生的活動。一個人有可能因為常常想著一件事情，而致「日有所思，夜有所夢」。至於人會做惡夢，則可能是因為生活壓力過大所導致的。

　　「那只是一個夢！」晶靈安慰自己。「儘管它非常真實，但別害怕！」

　　隨著時間的流逝，晶靈終於又漸漸淡忘那個恐怖的「全息圖人」。不過，幾個月後，「第三集」夢境突然出現了。「第三集」正是故事一開始，那個發現了大門通向「虛空」的夢境。

　　晶靈感到極度不安，「全息圖人」已經在她的夢中出現三次了。第一次是用餐時要吞噬她。第二次是在黑暗的大樓中追趕她，最後躲進了小寶的身體裡。而第三次是從大門前的「虛空」白霧中向她撲來，彷彿要把她吃掉一樣！

　　晶靈隱約感到，這三個夢境除了「全息圖人」之外，另一個共通點就是都有小寶和安祖的出現。明明畢業後已經沒有聯繫了，為什麼還會一直夢見他們呢？

　　晶靈感到非常困惑和懊惱，她祈求道：「這些夢境太恐怖了，真希望能到此為止。」

　　但內心似乎有另個聲音在說：「在夢中尋找自己，或許才是真正的解脫。」

CHAPTER 3

周公解夢

「為什麼我會在這裡？它到底要告訴我什麼？」晶靈的內心充滿著無數疑問，而每一次的連續夢境，都讓她陷入更深的迷霧之中……。

在經歷完「第三集」之後的一天，晶靈試著放鬆心情，過著正常的生活。然而，**那種夢境中真實的驚恐感卻難以擺脫，即使身邊傳來微小的聲響，也會令她嚇一跳，錯覺「全息圖人」又會撲出來。**

「叮！」晶靈被電子郵件的提示聲音嚇了一跳。她收起心神，打開郵箱，驚訝地發現是來自小寶的郵件！晶靈想起那個夢，情緒有些失控，她不確定是否應該閱讀郵件的內容，於是回覆了一封郵件，請求小寶以後不要再聯繫她。

從那時起，她除了不與小寶和安祖聯繫之外，她甚至下意識地斷絕了與其他同年級同學的聯繫，以避免「日有所思，夜有所夢」的情況再發生。

然而，這連續劇般的夢境並未停止。惡夢持續出現，有時相隔數個月，有時相隔數年。夢境順序有時顛倒，例如出現了「第六集」後，才出現「第五集」，令前後夢境得以連貫。

每次夢境都有一個共同之處，那就是晶靈總是驚叫或哭泣，或者全身冒著冷汗喘氣地醒過來。她開始對入睡感到恐懼，因為害怕那連續劇般的夢境會再次出現……。

晶靈除了這一系列的連續夢境外，她還做了很多奇奇怪怪的夢。

她的夢境很多都是古靈精怪的，例如，她曾夢見一堆像「火煤炭屎鬼」的外星人在停車場飛舞，也夢見自己是個外籍奴隸，又夢見自己是在戰場槍林彈雨下戰鬥的軍人，甚至夢見自己是一個卡通人物，更有一次夢到自己是一隻在飄蕩的鬼，四處捉弄看不見「它」的路人！

夢境有時很朦朧，有時卻很清晰，清晰得晶靈會把現實和夢境混為一談。有一次，她在上班時，發現自己辛辛苦苦做好的報告書不見了，於是，她翻開抽屜尋找，還打開電腦和電子郵件去找報告的備份。在她苦苦追憶下，才察覺到自己是在夢境中完成那份報告書的，在現實中當然找不到！

還有一次，晶靈在工作上遇到一個很大的難題，因為問題極其複雜，所以她和團隊開會討論和思考了一整天都解決不了。那天晚上，她在極度疲累之中入眠，並且做了一個很清晰的夢。夢境中，她將日間的難題抽絲剝繭，最後輕輕鬆鬆地找到一個理想的方法。在夢醒後，她把那方法應用在現實的工作中，成功解決了問題。

晶靈認為，最可惡的夢境就是夢中夢。有一次，她夢見自己在早上掙扎起床上班，不過，當梳洗完畢後，她便夢醒了，於是她又由掙扎開始再起床一次。在她梳洗完畢，擠完地鐵到達辦公室時，她又夢醒了，於是所

有事情都要從頭來過。最後，重重複複，她在夢中「醒來」了七次，連同真正夢醒後，她總共梳洗了八次！

又有一次，晶靈夢見自己寫了很重要的文章，醒來後為免忘記那驚世的內容，於是立即把文章抄寫一遍。怎料，她真的醒來時，發現那兩個都是夢境。當時，她判斷自己可能仍身處夢境中，因此並沒有把那些文字再多抄一次。不過，這一次她其實已經離開夢境，真正清醒了！之後，無論她怎麼努力回想，也想不起那些驚世的內容了。

最奇特的，就是「預知夢」。晶靈曾經夢見過一場由利物浦對史篤城的足球比賽，比賽結果是一比一平手。一天後，她偶然望見電視機中這兩隊球隊的直播比賽。她肯定，這就是她在夢境中看過的那一場球賽，畫面像是重播舊的球賽一樣，尤其是謝拉特的一記入球，完全一模一樣，這件事在她的腦海中極其深刻。

其實，很多人都做過林林總總、千奇百怪的夢境。究竟為什麼人會做夢的呢？有沒有其他人也會做奇怪的夢境？

晶靈嘗試去尋找答案，希望能解決這個纏繞她多年的困擾。

於是，她跑到圖書館研究，從書本上得知，著名的物理學家愛因斯坦，在一個夢中乘坐光速的火車，觀察到時間變得緩慢，以及空間出現了扭曲。這個夢境啟發

了他，幫助他建立時間與空間關係的概念，寫出相對論的理論，惠澤後世。

似乎，夢境能改變世界，至少在物理學發展扮演了極其重要的角色。

她又從書本上得知，夢是在睡眠期間發生的心理現象，是由大腦在快速眼動睡眠階段創造的虛擬現實。它反映了人們潛意識的思維，也是對日間情緒的反映。至於涉及到超現實的場景，科學家至今還未能解釋。

她集中於尋找有關「連續夢」研究的文章，卻不得要領。她瞭解到，連續夢並不罕見，不過通常發生在同一天，在夢醒後再入睡時出現。然而，她找不到類似她所經歷的那種，清晰而連貫的長期連續劇夢境的案例。

她也有試著和一些專家討論有關連續夢境的問題，卻無法得到令她滿意的回答。

直到一天，晶靈記起以前在大學宿舍中，對夢境研究很有興趣的一位朋友，他現在是一位腦神經語言學博士，也是註冊催眠治療師。由於在大學時，他很喜歡為同學解夢，因此大家都叫他做「周公」。

晶靈決定找「周公」解夢去！

周公身材短小，雖然不嗜酒，卻長了一個「啤酒肚」。他的髮際線極高，額頭突出，眼睛細長而有神，臉頰天生紅潤。明明只有 20 多歲，卻已經有了皺紋，給人一種老人的感覺。晶靈覺得他像「福祿壽」中的壽星

公公。不過，周公常常開懷大笑，給身邊的人帶來了不少平安和歡樂，當真是個適合做治療師的人。

當晶靈到達周公的治療診所時，看到周公對著電腦，呵呵大笑。

晶靈笑著說：「周公，好久不見了！每次見到你都在大笑，究竟在電腦上看到什麼，能令你笑得如此暢快呢？」

周公笑著問：「晶靈，妳有聽過『虛擬幣』嗎？」

晶靈也笑著回答：「貨幣若果是虛擬的，就不是真正的貨幣吧，那是什麼假錢？」

周公捧著肚子，邊大笑邊說：「虛擬幣雖然不是法定貨幣，但是還是有價值的。例如，昨天晚上，我在網路遊戲中，以遊戲本身的虛擬幣 200 元，買了一把『絕世好劍』。剛剛，我又將這把寶劍以 300 元賣給了另一位玩家。這樣一買一賣，便賺了遊戲的虛擬幣 100 元，雖然不多，但感覺真有趣！」

「原來是網路遊戲的虛擬幣！」晶靈恍然大悟。**「可是，這些又不是現實中真正的貨幣，你賺了錢又如何呢？」**

周公眯起眼睛，咧嘴大笑：「有玩家為了能夠有更多虛擬幣購買心儀的裝備，於是會在現實世界中，用法定貨幣去買網路遊戲上的虛擬幣。例如，在我這個遊戲的伺服器中，100 個虛擬幣，就等於現實中的 50 元。我

只是睡了一個覺，醒來便白白賺了現實中的 50 元，非常神奇吧！」

周公和晶靈做夢也沒想到，在不久的未來，便會出現去中心化的虛擬幣，而且更會成為全球的熱門炒賣貨幣。

晶靈說：「**其實無論賺多少錢，也不能解決心靈的脆弱，我就有一系列的怪夢，多年來的煩擾也解不開。**」

於是，晶靈將自己的驚恐夢境，詳細地描述給周公。聽過了晶靈的描述後，周公用專業的口吻說：「這樣的情況，可能是做夢者本身有心結，當然可以通過催眠治療來處理。但更大的可能只是沒有原因的惡夢，這樣的話，惡夢者是能自行去治療的，那叫做『清醒夢治療法』。晶靈，妳可以先試試！」

「我真是孤陋寡聞！」晶靈笑著說道。「原來做惡夢都可以治療！」

周公繼續專業地解釋：「根據妳的描述，這種記得很清楚夢境，是通常發生在妳即將從睡眠中醒來的時候。人在睡眠時，會在快速動眼期和非快速動眼期之間循環。如果妳的夢境剛好發生在快速動眼期之時，大腦中的前額葉皮層和楔前葉都會處於活躍狀態，因此記憶和自我意識等能力會比做普通夢境時更加活躍，自我決定程度能媲美清醒時的狀態，我們稱這類夢境為『清醒夢』。」

周公頓了一頓，繼續解釋：「**一般持續被惡夢纏繞**

的求醫者，在通過訓練後，都能夠對清醒夢做到不同程度的控制，能在做惡夢的時候調整夢境，有人甚至能將惡夢變成美夢！這就是我剛才說的清醒夢治療法！」

「說起來，我也有做過清醒夢呢！很過癮的！」晶靈高興地說道。「在清醒夢中，我能知道自己在夢境，於是能做出很多不同的控制夢境行為，例如飛翔、聲控開關水龍頭、用腦電波把牆壁變成其他顏色，甚至成功命令夢中出現的鬼怪消失，並告訴它們這是我有控制權的夢境！」

「那麼妳本身已經是一個控制清醒夢的能手了！」周公笑了笑，說道：「那妳可以嘗試透過控制清醒夢去驅走那個『全息圖人』，例如把他變成一隻可愛的泰迪熊！」

晶靈說道：「除了把那個人變成泰迪熊，我最想做的就是打開連續夢的禮堂大門，去到任何我想去的地方！」

周公笑著說：「其實，妳能夠在夢境中，解決日間遇到的難題，這正正也是清醒夢的一種應用。有各色各樣的人，包括發明家、作曲家和未來學家等等，都不約而同地表示，他們能夠在清醒夢中獲得靈感和啟發，夢到解決日間困難問題的方法，就像妳一樣！」

「不過，他們都有像我這樣，做著一串橫跨這麼多年的連續夢境嗎？」晶靈求教道。

周公認真地思索了一會，再說：「沒有！妳的情況太特別了。或許，妳應該去找找夢中兩位男主角，看看是否會得到一些靈感，去解決這個煩惱！」

　　「正常人又怎會相信這串稀奇古怪的夢境呢？」晶靈苦惱地說道。「告訴他們，就怕他們把我當作一個『妄想症』的患者！」

　　看來這一串連續夢境，就連「周公」都解讀不了！

CHAPTER 4

冰琥珀

如果人能掌控夢境，或許惡夢便不能再作惡，可惜人們並無選擇，只能讓惡夢肆無忌憚地冰封心靈。

畢業一別，日復一日，往後的日子，晶靈偶爾也會繼續做這個夢。

幾年後的夏天，晶靈收到老朋友比特傳來的一張名片，名片上印著小寶的名字。比特姓邱，大家也叫他做「愛神邱比特」，他是晶靈和小寶在大學唸書時的導師，為人風趣、幽默且古靈精怪，是難得會令晶靈留神上課的好導師。收到這一張名片，令晶靈覺得世界真小，很有趣，因而留了個訊息給小寶，於是他們相約見面。

多年未見，晶靈對小寶並不感到陌生。那天，他們談論到人生、宗教和神的存在。那時，晶靈很想問小寶是否曾經去過那夢境，但心裡總覺得這件事實在令人難以置信，所以最終沒有啟齒。

至於安祖，無論在跑步場上、籃球場上，或工作場地等等，他們總會遇見，安祖也會為晶靈帶來幸運。

有一次，晶靈的電腦遭到駭客入侵。她知道安祖是位很厲害的電腦專家，於是去找他幫忙。

安祖輕鬆地解決了駭客入侵的問題，他說：「只要安裝防毒軟體並定期更新，就可以解決這問題了。」

「我經常忘記更新防毒軟體呢！」晶靈尷尬地說，然後好奇地問道：「是不是還有那些什麼『防火牆』之類的東西，可以阻擋駭客的入侵？」

安祖笑著解釋：「防火牆能根據安全的規則來監視和控制網路流量和存取權，限制可疑的入侵者進入系統。**除了防火牆以外，我認為最有趣又有效的保安方法，就是建立『蜜糖罐』，利用『誘餌陷阱』，去轉移駭客的攻擊目標。**」

晶靈好奇地問：「那蜜糖罐是怎樣誘餌駭客的？」

安祖微微一笑，回答：「蜜糖罐是一個模擬系統，裡面放置了看似真實的資料，以誘使駭客進入。一旦他們上當，就會被引導到這個陷阱，攻擊假系統，而真正的系統則能安全地繼續運作。」

「很聰明的方法啊！」晶靈拍手讚美道。「那麼，駭客『吃完蜜糖』之後，還會渾然不知，以為自己真的成功入侵了電腦系統呢！」

安祖還充滿自信地說：「要避免『道高一尺，魔高一丈』，我們還得時時要比入侵者掌握更高的駭客技能，我每天都在鑽研駭客的新技術呢！」

這次道別後，晶靈和安祖並沒有特別再聯絡，他們只是偶爾會交流幾句訊息。

但是，小寶和安祖仍然是晶靈生命中的常客，因為這個夢依然在她睡眠時繼續出現。經過十多個夢境的經歷後，她漸漸能夠在這些連續夢境的零碎片斷中，將它們組織串連起來了。

在這些夢境中，他們發現那裡存在著一個主宰，這

是小寶透過分析得出的結論。這個主宰是邪惡的，他驚嚇晶靈、使得太陽從「虛空」中消失，也使得另一位同學嘉欣被冰封而生死未卜。

嘉欣是一位美女，眼睛大大、笑容迷人、為人聰慧。她擅長與人交流，給人一種親切感，同學們都很喜歡她。

在嘉欣被冰封那一次夢境中，主宰讓十多個大盒子出現在禮堂內。每個盒子約有一個人的身高，兩個人的寬度，盒子堅硬而透明，底部有一個向下的缺口。當眾人望著這些盒子而未意識到發生什麼事情時，突然禮堂的燈光熄滅，一連串的警報聲響起，接著晶靈感覺被人抱住躲進了一個盒子中。

隨後，她聽到呼呼的風聲，同時感到極度的寒冷。透明盒子外閃爍著紅紅綠綠的閃光，顏色酷似那個「全息圖人」。不知為何，晶靈感到是那「全息圖人」正在發怒！

難道「全息圖人」就是夢境的主宰嗎？

「妳冷嗎？」晶靈聽到安祖的聲音在耳邊響起，心裡稍微鎮定了一點，原來是安祖把她抱進盒子中的。

被安祖抱著的感覺十分溫暖，雖然周遭的情景很可怕，但晶靈很想時間停留在這一刻，永遠被安祖抱著。

大約半小時後，盒子外閃光漸退，燈光開始亮起，呼呼風聲也停頓了。他們小心翼翼地推開盒子，發現盒子都被埋在雪堆中。

禮堂已經變得非常暖和，積雪很快就融化成水流走。但是，除了揭開盒子站出來的同學們之外，禮堂角落還有一大塊冰豎立著。

冰塊晶瑩剔透，中間困著一個人，睜著眼睛，不知道是生是死，那個人正是嘉欣！

「冰琥珀！」不知道是誰說了這一句話。

然而誰也不敢去碰一下那塊「冰琥珀」，誰也沒有開口問為何那塊冰沒有融化。

晶靈感到不寒而慄！

她喘著氣，醒了過來。

原來，當主宰發怒時，他們要躲在盒子中，否則便會遭到冰封。

晶靈心裡疑惑，為什麼安祖似乎早就知道要躲進盒子中？為什麼他救了她？晶靈明白如果不是安祖救了她，她現在可能已經成為一塊「冰琥珀」了。

「如果在夢境中被冰封死掉，人還能夠醒過來嗎？」晶靈想到這個問題，不禁顫抖著。

晶靈又想起了周公，於是再去拜訪他。

晶靈向周公描述了她「冰琥珀」的夢境，又表達了她的擔憂和恐懼。她問道：「如果人在夢境之中死掉，還能夠醒過來嗎？」

「這個問題很特別，我很難給妳一個百分之百的正

確答案。」周公回答道。「由於夢中的事情一般看來都不太影響現實生活，因此大部分人都認為夢境歸夢境、現實歸現實。」

「難道不是嗎？」晶靈問道。

周公說明道：「**夢境其實是一種心理狀態，而不是真實的現實世界**。夢境是由大腦產生的，在夢境中死亡可能會引發驚慌或恐懼。這些情緒可能會導致妳在醒來後感到不安，但亦不排除會因此誘發更嚴重的情況，甚至是真正的死亡。」

「容許我舉一個例子。」周公繼續說道。「假如做夢者在夢中見到極恐怖的事物而在夢中被嚇死了，同時亦誘發了現實中的他，因心臟病發而致死，那妳又如何判斷？」

「**那他就是在夢中死掉後，不能夠夢醒過來了！**」晶靈推想道。

「正是！所以妳的問題很難一概而論。」周公說道。這時，他想起上一次與晶靈見面的事，於是問道：「晶靈，妳最終在那連續夢境中，有成功做過清醒夢，能控制夢境嗎？」

「沒有。」晶靈回答道。「總有一次，我會成功的！」

「近年來，很多人對做清醒夢的興趣日益增加。據我所知，很多大型企業都計劃開發針對消費者的清醒夢

產品。其中一家公司正在設計智能頭帶，希望能透過特殊設計的聲光刺激，讓使用者通過佩戴頭帶來實現清醒夢。另一家公司則正在籌備開發一種清醒夢裝置，目標是在使用者進入睡眠中的快速動眼期間，通過低電流脈衝刺激大腦，使他們能有意識地進入清醒夢。」

（註：一家美國公司於 2014 年推出一款名為「極光」的智能頭帶，與另一家荷蘭公司於 2016 年推出的「清醒做夢者」裝置，都跟周公所描述的產品很接近。）

晶靈覺得這些產品很有趣，她想像：「或許在不久的將來，人們便能透過做夢的產品，完完全全地控制夢境，也能在每晚入睡時，看一齣、以至幾齣自己選擇的戲劇，甚至成為戲中的主角！」

他們道別後只過了幾天，晶靈的連續夢境的「下一集」，便很快上映了。

在夢境中，經過點算後，晶靈才知道主宰在禮堂中放了 15 個雙人盒子，而成功躲進盒子裡的有 30 人。

「原來我們總人數是 32！」有同學說道。他注視著那塊不融化的冰，又說：「不過太陽消失了，而嘉欣被冰封，只剩下 30 人了。」

「也不一定有 32 人！」小寶說道。「我數過，我們在每次夢境中的人數也不相同，而且，每次在場的人也不完全相同。」

晶靈睜大眼睛，不明所以。

「就好像……。」小寶望著晶靈說：「在上一次冰封的夢境中，我並不在場。晶靈，妳有注意到嗎？」

　　晶靈突然有一陣奇異的感覺，腦海中浮現冰封事件中的每個片段，確認上一次夢中小寶並不在場。

　　晶靈注視著小寶，一臉疑惑。他繼續說道：「晶靈，我比妳遲來到這裡，但是來的次數比妳多，也開啟大門很多次了。」

　　晶靈立即問道：「門的後面不是虛空嗎？」

　　「不一定！」小寶搖搖頭，說道：「晶靈，妳來開門看看。」

　　晶靈深呼吸了一口氣，戰戰兢兢地伸出手握住門柄。這次，輕輕一扭動，大門就開了。

CHAPTER 5

隨意門

「到底怎麼了？我為什麼會出現在這樣的地方？」四周的人們神色緊張，快速穿梭在狹窄的街道上，似乎在逃避什麼。

外面的景象不是原來的街道，而是一條很古老的街，建築和物品也像是在電視機內看到的民初劇一樣。遠處傳來一些尖銳的爆破聲音和沉重的轟鳴聲，像是火炮和槍械發出的聲音，空氣中彌漫著燃燒的煙霧。

「這是什麼？」晶靈不敢相信眼前的景象。

「每次開門，我們都會連接到不同時空。」小寶解釋道。「這古老的空間，也不一定屬於我們的世界，它可能是屬於其他世界的。」

小寶繼續解釋：「不過，大門後邊的時空，並不是隨我們的意願而出現的，它只是一扇隨意門！」

「隨意門？」晶靈一頭霧水，腦中湧現出無數個問號。

小寶把門關上，又說：「我們再看看隨意門帶我們去哪裡。」

小寶打開大門後，晶靈看到外面漆黑一片。她問道：「這又是什麼？」

小寶沒有回答，卻彎腰撿起地上的一張廢紙，把它摺成一架紙飛機。他用力一甩，紙飛機向大門劃出一道優雅的弧線，快速飛進大門後的黑暗中。

在紙飛機穿過大門的瞬間，突然，紙飛機消失了！那是一種無聲無色的消失，就像太陽的消失一樣！

晶靈感到一陣心寒，她結結巴巴地問道：「難道這也是虛空嗎？為什麼上次是白色的，而這次是黑色的？」

小寶想了想，回答道：「我不知道。」

晶靈失望地說：「連你也不知道，誰會知道呢？」

這時，安祖走了過來，說道：「外面空間充斥著的，可能是『反物質』。你們知道什麼是反物質嗎？」

晶靈搖搖頭，反問道：「什麼反物質？」

安祖向晶靈解釋說：「在**宇宙中，有大量我們難以觀測到的物質，其中一種是反物質。反物質是一種與物質相對應的形式，當它們和物質相遇時，會互相煙滅和釋放出能量。**」

晶靈指著外面，又問：「釋放出的能量在哪裡？我看不見爆炸呢？」

安祖繼續解釋說：「能量不一定是肉眼看得見的。」

晶靈立即道：「既然看不見，就不一定有能量釋放吧。」

安祖笑說：「愛因斯坦的『相對論』指出，質量與能量是等價的。換句話說，質量可以轉換為能量。而根據『能量守恆定律』，在封閉系統中，能量的總量會保持不變。因此，紙飛機的消失，必定會轉化成能量。」

晶靈有點迷網，說道：「那就當有能量吧！但沒有爆炸，沒有光和熱，還有什麼能量？」

安祖解釋說：「能量還有多種形式，例如電能、機械能、化學能和輻射能……。」

一聽到「輻射能」，晶靈嚇了一跳，立即把門關上，叫道：「別中了輻射！」

關上門後，晶靈又問：「那麼，外面究竟是什麼地方？」

安祖回答：「漆黑的空間，很可能是宇宙的深處。」

晶靈再問：「之前白茫茫的空間呢？那古老的空間呢？如果走進那古老的空間又會怎樣？會煙滅還是能進入空間？能進入空間的話，又能否回來？」

安祖搖搖頭，表示不知道。晶靈望向小寶，他嘆了口氣說：「不用問我了，我也不知道，而且我也沒有出去過，因為這裡充滿了太多的未知！」

小寶望著晶靈，再說：「**妳有留意這裡的牆壁上，在不同區段都刻著一些字符嗎？**」

晶靈大叫：「我知道！在禮堂走廊的牆壁上，就有一堆怪字符！」

小寶問道：「妳知道這些是什麼嗎？」

晶靈搖頭，安祖卻說：「它們就像區塊鏈中的數據紀錄。」

小寶稱讚道：「不愧為計算機科學系的高材生！這是區塊鏈中一塊區塊的紀錄。」

晶靈問道：「什麼是區塊鏈呢？」

小寶回答：「**區塊鏈（Blockchain）是一種去中心化的數據儲存技術，主要用於安全紀錄和管理交易**，於 2008 年首次有人提出，之後被廣泛應用。例如在 2009 年，便有虛擬幣以區塊鏈技術創建。之後，在 2010 年有人成功以虛擬幣購買披薩。從此，虛擬幣成為了人們一種重要的貨幣。」

晶靈高興地道：「虛擬幣？我知道呢，周公曾經告訴我，虛擬幣就像網路遊戲的貨幣一樣，還能兌換成法定貨幣，它們是一樣的吧。」

小寶思考了一下，解釋道：「區塊鏈上的虛擬幣，與網路遊戲的不同。網路遊戲的貨幣，由中央管理，而區塊鏈上的是一種去中心化的技術，數據分散存儲在多個節點上。」

晶靈不明白：「那有什麼不同？去中心化又是什麼？」

安祖補充道：「去中心化是 Web 3.0 的主要特點，帳戶之間的交易無需中央管理，類似於我們口袋中的錢包，可以直接進行金錢交易。在公鏈的區塊鏈中，所有交易都是公開的，任何人都可以通過錢包地址進行交易和查詢紀錄。區塊鏈具備不可篡改性，確保數據一經寫

入難以修改，而且交易是匿名的，因此透明度和安全性也十分高。」

晶靈說：「雖然我還不明白，但安祖說的令人感到很可靠呢。」

安祖又說：「區塊鏈的技術，可以廣泛應用於金融、供應鏈、醫療等領域，造福人類。」

小寶立即道：「可是，以區塊鏈的技術建立的虛擬幣，又成為了罪犯洗黑錢的渠道。甚至有犯罪組織，在加密幣平台交易，並利用全球投資者的買賣，去洗黑錢。」

晶靈不明白：「投資者又怎麼會幫這些罪犯洗黑錢呢？」

小寶解釋道：「以前，罪犯的黑錢連存入銀行體系也有困難，因為他們沒有資金來源證明。自從有了加密幣後，他們便可透過加密幣買賣，作為來源證明。例如他們收錢殺人，在加密幣平台上收取殺人費，然後存入銀行時訛稱加密幣是投資賺回來的。」

晶靈奇道：「怎樣能證明買賣是賺了呢？」

安祖解釋：「有很多方法的，例如罪犯可以自行開兩個帳戶，一買一賣，然後拿賺錢的一個帳戶交易證明給銀行。」

晶靈又問：「銀行追查不到的嗎？那些帳戶總會在

網上留有痕跡吧？」

小寶解釋道：「罪犯在每一次交易中，可以開一個全新的貨幣錢包，而在交易後，便把該貨幣錢包消除。在大量匿名的交易中，是不可能追蹤的。」

安祖補充道：「所以，為什麼每個買賣加密幣的投資者，都間接幫助了罪犯洗黑錢，就是因為他們的每一次交易都增加了加密貨幣的流動性。」

小寶無奈地道：「正是。」

安祖又道：「這種匿名交易的設計，的確令人難以追蹤。不過，若有人以此作惡的話，還是有方法去破壞一隻加密幣的。」

小寶好奇道：「噢？真的有方法嗎？」

晶靈笑道：「安祖是電腦專家，小寶你不會的，安祖都會。」

小寶虛心道：「安祖，可以告訴我是什麼方法嗎？」

安祖回答：「那是一種駭客們夢寐以求的方法，以量子電腦去壟斷加密幣的交易。你知道加密幣系統的交易驗證，是如何操作的嗎？」

小寶道：「我知道的，當有人交易時，數據會轉化成為一個交易請求，並『廣播』到整個網路的『節點』。之後各個節點會以共識機制，如『工作量證明』或『持有量證明』，去檢查交易的有效性，如發送者的錢包是

否有足夠的餘額，確保交易的合法性，並防止雙重支付等問題的發生。經過驗證的交易會被打包到一個區塊中，然後與其他區塊鏈連接。」

晶靈問道：「你所說的工作量證明是指什麼？」

小寶回答：「若一種加密幣的驗證設計基於工作量證明，當交易請求被廣播時，網路中的『礦工』會進行挖礦操作，利用電腦計算來解密。最快完成解密的礦工能告訴系統交易者的錢包是否有足夠的加密幣進行交易，並從中獲得酬勞。當過半的驗證結果一致且正確時，交易便可執行。」

安祖說道：「這種基於工作量證明的加密貨幣系統存在一個弱點。如果有人心懷不軌，擁有大量高效能的電腦，他們可以作弊，迅速完成挖礦並提供大量虛假的驗證結果，從而壟斷系統。這種虛假驗證可能導致數據錯誤，影響投資者的利益，甚至可能使該加密貨幣崩潰。」

晶靈問道：「但誰又會擁有大量極高速的電腦呢？」

安祖回答道：「量子電腦的運算速度比傳統電腦快上萬倍，甚至數十萬倍。然而，它們的成本極高，只有超大型的電腦公司才能擁有。」

小寶道：「安祖，理論上來說，要做到壟斷的實際操作是如何進行呢？還有我想請教你駭入系統的技巧，可以都教我嗎？」

當小寶繼續向安祖學習時，晶靈完全聽不明白，她做了一會白日夢後，便大叫起來：「你們說的太複雜了！與其要破壞與我無關的加密幣，我們不如一起試試破壞這個禮堂，大肆搗亂一番？」

小寶知道晶靈在胡鬧，於是說：「我們每次在夢境世界逗留也不久，既然我們應該都很快能夠回到原來的世界，此刻又何必節外生枝？」

是的，晶靈每次都很快能夢醒，回到原來的世界。

不過，這次是例外。

這次晶靈在夢境中逗留了大約 20 天。

在關上大門後，有人建議再探索大樓。這次，所有人分成了十個小組，每組三人。晶靈的小組一開始和其他小組一起朝著同一個方向走，遇到路口或樓梯時，他們便會分散成大約一半的組別，向不同方向探索。這座大樓雖然大，但只有兩層，禮堂位於底層。

對了！之前明明是有十層高的大樓，怎麼會變成了兩層的呢？在這個夢中，倒沒有人覺得不對勁。

走著走著，晶靈的小組已經走到上層，過了兩個轉角位，便與其他組別都分開了。在上層走廊中，他們可以看到下層走廊其他小組的身影。

「看！」小寶拉拉晶靈的手，指向前方的一扇門。

這扇門跟大樓格格不入，設計風格彷彿不屬於這大

樓一樣。安祖看到這扇門後，迅速跑過去推開了它，然後臉紅紅地說：「是這裡了！」

安祖一手打開大門，門內是一個房間，怎樣形容好呢？在這陳舊的大樓中，有一間奇怪的房間！

房間的門呈金屬銀色，與大樓內其他房間的大門的古老木質顯然不同。門後的房間竟然是一個設計舒適的休息室。從房間外看向裡面，晶靈見到牆壁上刻著「區塊0221」，然後是一堆奇怪的字符。

突然，安祖衝進了房間，晶靈也沒理會小寶的阻止，好奇地跟著安祖衝了進去。然後，她感到足踝一痛，原來她踢到了一個雙人大的透明盒子。當她還在思考這東西為什麼讓她感覺似曾相識，好像之前「冰琥珀」事件中出現的透明盒子一樣之時，背後的那扇門突然關上，小寶趕不及進來了！

一瞬間，燈光熄滅，警報信號響起，安祖又抱起晶靈躲進盒子中避難。此刻，很久以前夢中避難那一幕湧上晶靈的心頭，她的心一陣酸痛，害怕小寶會變成一塊「冰琥珀」，她不禁尖叫起來！

突然，電話鈴聲響起。

晶靈醒了過來。

晶靈喘著氣，看到手機上顯示著剛分手不久的前男友的來電。她沒有接聽，只是閉上了眼睛，深呼吸了一口，然後再睜開眼睛。

他們仍然在盒子中，安祖在望著她，輕聲說道：「妳剛睡著了！」

晶靈有點迷惘，感覺有些地方不對勁，她告訴安祖，她夢見前男朋友，分手之後，她感到很孤單。安祖臉一紅，說道：「那麼以後由我好好照顧妳，讓我來做妳的男朋友吧！」

盒子外傳來呼呼的風聲，和閃著可怕的紅綠光。然而盒子內卻很溫暖，晶靈彷彿忘記了什麼，是忘了小寶、前男友，還是現實中的自己？

疑惑中，晶靈沒聽清楚安祖又說了些什麼話，但隱約之中，好像聽見他說：「我終於能通過他的身體，好好去感受妳！」

「你剛才說了什麼？」晶靈問。安祖回答說：「我沒有說話啊！」

晶靈忽然感覺到主宰的存在，意識到主宰正與安祖重疊在一起。此時，暖暖的盒子中，又充滿了寒意。

約半小時後，外面平靜了下來。他們推開盒子，外面的雪又慢慢融化。正如他們所預料的，那扇門已經鎖上了。

這個房間大約 20 平方公尺大，燈光十分柔和，映照著一個像開放式單位的客廳。牆壁是柔和的淺藍色，地上鋪了白色的地毯，感覺很柔軟。房間裡擺放著梳妝台、書架、電腦和床。它還設有另一扇門，通往一間廁所。

這個看起來正常的房間，情況卻有點奇怪。例如，晶靈和安祖在這裡並不會感到飢餓口渴，他們也沒有上廁所的需要。

當他們骯髒時會洗澡，而洗澡後總有一套乾淨的新衣服準備好給他們穿著，這些衣服有時像小丑，有時像公仔，總之晶靈感覺主宰把他們當作芭比娃娃一樣玩弄。

他們悶了就玩電腦遊戲，房間裡有兩部電腦，而且能連線玩網路遊戲。

安祖看過網路的設置，說道：「這兩部電腦都設置在同一個內聯網中，一邊連到互聯網，另一邊連到另一個內聯網。」

晶靈當然不明白，但突然靈機一動提議道：「安祖，你能否做個蜜糖罐給我？當有駭客攻擊我的電腦時，便可以利用誘餌陷阱，去轉移駭客的攻擊目標去你的電腦，那我便安全了！」

安祖笑道：「阻擋駭客入侵，不一定是用蜜糖罐誘餌，而且現在又沒有人攻擊妳的電腦……。」

晶靈撒嬌地說：「我就是要蜜糖罐誘餌啊！」

安祖立即笑笑道：「好吧，好吧！反正有空，我先做設置和寫個應用程式，當有人攻擊妳的電腦時，妳只需要簡單地打開程式，便能把攻擊誘餌到另一部電腦了！」

晶靈甜美地笑了笑。

安祖寫好應用程式後，再檢查電腦的系統時，發現在他們不知情的情況下，電腦的鏡頭一直開著，並有影像數據在傳送出去另一個內聯網。安祖說：「原來主宰一直在監視我們。」

晶靈問：「能斷掉傳送嗎？」

安祖回答：「不能，看來這電腦與主宰的內聯網是直接連線的，而且控制全部在主宰的主機中，我們連關機也關不了！」

晶靈害怕道：「那怎麼辦？難道一直都要被他偷窺嗎？」

安祖笑了笑，把一件衣服掛在電腦上，擋住了鏡頭。

晶靈笑道：「原來可以用物理方式簡單地阻擋偷拍！」

除了玩電腦遊戲外，當他們感到累了便會睡覺。在這夢境睡覺的時候，晶靈還是會做夢的。

晶靈做的每一個夢，都是奇奇怪怪的。她夢見自己在一個樹林中被紅色的繩索攻擊，夢見自己在北極放火，把北極圈中黃刀鎮東北方極光村的帳篷區燒毀，還有在南極認識了一些外星人，包括分別來自天鵝座開普勒69c 的「懸浮黏土」和 HAT-P-7b 的「帶腳寶石」。當中有的外星人的存在，只是一種香味。

晶靈也有做不同的夢，夢見和周公繼續討論夢境，和邱比特訴說愛情，**最奇怪的是她夢見邱比特化身成 64 粒紅色的粒子，向天上四散飛舞！**

　　晶靈和安祖醒來後都會在牆上畫個標記，用來計算他們在這房間生活的大致天數。

　　在畫了十個標記後，即約十天過去了，當安祖正在向晶靈講述一件兒時趣事時，那扇門突然被打開了！

　　是小寶！

CHAPTER 6

哪個才是夢境？

人與人的交往非常神奇，有時候在生活的旅途中，彼此會不經意地失散。然而，當再度相遇時，那種淡忘後的重逢，往往會帶來意想不到的感動和共鳴。

　　闊別十天的再次重逢，晶靈十分激動，她說：「小寶，我真害怕以後再見不到你了！」

　　小寶卻掛著一副輕鬆的表情，指著晶靈說：「妳為什麼突然穿得像芭比一樣？」

　　晶靈也不知從何說起，她急著問：「這十天你在哪裡？」

　　「十天？」小寶側著頭稍微思考了一下，又問道：「莫非我錯過了一些時間？」

　　「什麼意思？」晶靈不明白。

　　「你們過了十天。」小寶道：「我只是過了一秒！」

　　「明明過了十天，你怎會只是過了一秒？」晶靈不相信地說。

　　小寶繼續解釋：「就是你們進來，門關上，我再打開門，就這樣用了一秒！」

　　晶靈指向牆上標記的地方，說道：「自從大門關上後，每次我們睡醒的時候都會在這裡畫上一個標記，所以這裡有十個標記，就代表過去了大約十天。」

　　小寶道：「**佛家說，一個念頭在一個彈指間有 60 次生滅，我們可能覺得沒有想什麼，沒動什麼念頭時，**

其實念已經在轉動。」

然後，他們三個人一起望向晶靈指著的地方，那裡什麼都沒有，哪有什麼標記？

晶靈堅持道：「剛才那裡還有標記的！」

難道說，這就是⋯⋯。

安祖表示同意，他和晶靈對望，回想過去十天的一點一滴，每個細節，每段對話，又怎會是假的？

大家都感到很疑惑，但又不懂得如何解釋這件奇怪的事。

安祖猶豫地說：「難道我和晶靈一進來後便立即做了十天的夢，因此在現實中並沒有標記嗎？」

「等等！你說這裡是現實？」小寶舉起手做了一個停止的姿勢，打斷安祖的話，他說：「我們是從現實世界來這裡的！」

「那麼，哪個才是現實？」晶靈問道。

「全部都是現實。」安祖回答道。

「那麼，哪個才是夢境？」晶靈問道。

「也全部都是夢境！」小寶回答道。

「怎麼又都是現實，又都是夢境？」晶靈問道。

大家都沉默了下來。

小寶又問安祖：「你進來前說『是這裡了』，為什

麼？」

「是因為很久以前，我曾經來過這裡。」安祖停了一下，臉又紅了起來，說道：「發生了和這幾天一樣的事！」

晶靈完全摸不著頭腦，她看看左邊的他，又看看右邊的他，腦海中一片混亂。

在一輪混亂而沒有結果的討論後，他們發現房門又被鎖上了，於是只好繼續在房間中生活。小寶終於感受到那種不飢不渴，只有洗澡和睡覺的生活。

當小寶知道房中的兩部電腦與主宰的內聯網是直接連線時，便向安祖請教了更多網路和駭客攻擊的知識。

由於這個夢境空間沒有任何規範或限制，小寶成功說服晶靈，讓他們倆也都成為了情人。

不過，晶靈一直隱約感到，主宰就在他們中間，透過他們，感受自己。

就這樣，又過了十天。

那一天，晶靈在夢中睡覺，醒來後，她發現自己已經離開夢境，回到了現實。

夢境實在太真實了！晶靈彷彿分不開哪一個是現實，哪一個是夢境，她尋思：「這一切都那麼真實，難道兩個世界都是真實存在的嗎？」

她看一看手機，發現 30 分鐘前收到了前男友的未接

來電，便想到：「夢境已經過去了 20 天，而這裡只過去了 30 分鐘，是因為兩個地方重力不同的關係嗎？還是夢只是思想，所以一念之間，便已經過了很久？」

又或者前男友的來電只是那個夢境中的夢境，在現實裡的晶靈正沉沉睡著，根本聽不到鈴聲，也根本沒有醒過來看過手機，只不過剛巧在現實中他有打過電話來。

誰知道？

或許是今次在夢境「生活」得了太久，晶靈對這一串連續夢開始產生了情感的依戀。

之後，每到了晚上，當晶靈閉上眼睛後，她也希望能回到多年來一直令她害怕的連續夢境中。可惜，連續夢境並沒有再如此真切地出現。它們只是偶爾相隔一年半載才出現，而每次也是很零碎和短暫。

回望多年反覆出現的連續夢境，晶靈猜想：「或者，與其苦思不果，我還是別想太多。」

在往後的多年裡，晶靈重新投入現實生活，偶爾她會想起那連續劇夢境，也只是回味一下然後笑笑而已。

在偶然的情況下，現實中的太陽在臉書中找到晶靈，接著透過一連串的連接，太陽、嘉欣、小寶、安祖，以及其他同學的名字，也都出現在晶靈的臉書帳戶中。看見他們都生活安好，晶靈感到以前夢境中的擔驚受怕好惹笑。

時光匆匆，又過了好幾年。

久違了的夢境突然再次出現，而這次，晶靈在夢境中總共逗留了大半年之久。

「究竟，哪段記憶才是真正的人生呢？」

人生正是由無數的經歷與回憶交織而成，不管是現實中的一天，還是夢境中的大半年，她都在不斷地追尋著自己，探索著生命的意義。或許，這兩段記憶都是真正的人生。

CHAPTER 7

夢中情人

晶靈看著天空，欣賞著一朵又一朵的白雲飄過：「這個世界有天空、有白雲、有高山、有大海……，但是我為何總是像留戀那個被困的夢境世界，一直走進那個世界做連續夢呢？夢中的人會不會在同樣的夢境世界夢到我呢？」

晶靈思索著，與其繼續將這個奇怪的謎團埋藏在心中，不如在現實生活中告訴小寶和安祖，聽聽他們的想法。也許他們是主角是有其原因的，又或者他們也曾做過一些夢，會覺得夢中情節對他們來說似曾相識。大家的人生經歷都豐富了，或許都會有所看法。

更重要的是，在最後一個夢中醒來之前，小寶說了令她印象極深刻的幾句話——

晶靈，在我原來的世界，妳曾經來找我，告訴我這個世界的事情。這種奇怪的事，也許別人不信，但我一聽就完完全全相信了。

所謂的現實和夢境並無異，只是存在的一種形式。它們是多重空間，多個我們在多向時間的空間中穿梭。而它們主要的分別只在於，夢境的時間是「偏逆向」的。

這一個世界互相吸引的，在所有世界都會被吸引。之後，我們一起經歷了很多事情：彼此互相支持，一起學習，一起工作，一起走遍東西南北，上山看日出，到海邊聽浪看日落，看著銀河東升西落。真奇妙的緣分，兜兜轉轉，結果我們還是走到一起了！

妳說過獨自帶著夢裡的記憶，心底很孤單。之後我第一次來到這裡的時候，在原本世界我已經 80 多歲，我很努力地尋找，卻已經找不到妳了。之後我反覆來夢境找妳很多次，妳知道嗎？在這裡我帶著他世的記憶，妳卻對我毫無記憶。我獨自帶著這麼多年和妳一起的記憶，體會到妳那時心底的孤單。

　　這些話如同晨曦中的第一縷微光，驅散了心中的迷霧。

　　反覆思量後，晶靈決定先去找小寶，告訴他這一連串的夢境。

　　她對這次與「夢中情人」再次見面，竟然感到十分期待。

　　那天，他們相約在中環半山。中環雖然是香港商業重點區域，但它也是香港被割讓後，最早被開發的地方之一，因此有很多古舊的建築和行業，還隱沒在繁華街道的窄巷之中。

　　晶靈沿著半山電扶梯，由中區行人天橋出發，經過中環街市、舊中區警署，以及孫中山史跡徑等地方。

　　晶靈記得，孫中山史蹟徑共有 16 站，能在中環元創方一帶，感受孫中山先生成長之路。再往上走，便會經過孫中山當年的居所和學校，及成立的革命組織的原址。在堅道的電扶梯出口附近，有一所孫中山博物館。

　　博物館在 2006 年開幕，在四層的展覽廳中，展出

「孫中山與近代中國」及「孫中山時期的香港」，兩個主題的文物事蹟，非常值得參觀學習。

晶靈沿著電扶梯到達半山蘇豪區地帶，這是一條全長 800 多公尺，還可以繼續上升到羅便臣道，甚至干德道，是全球最長的戶外有蓋電扶梯。她感嘆香港的工程建築：「要這樣人口密度極高，地理上山多平地少的地方，才會有這種神奇的建築！」

小寶約晶靈在蘇豪區的一家小酒吧見面。晶靈先到，選了一個戶外位置，隨便點了一杯雞尾酒呷著，感受著這個中西融合、新舊夾雜社區的味道。

「最近好嗎？」多年未見，當小寶來到時，看到晶靈，也感到特別高興。「妳最近在忙些什麼？」

「近來極好，忙於做夢。最近，我在夢中生活了大半年！」晶靈向小寶簡短地描述了夢境，便問道：「小寶，你有沒有做過類似的連續夢？」

「我很少做夢。」小寶稍作停頓，問道：「妳知道人為什麼會做夢嗎？」

「知道一點點。」晶靈回答道。「小寶，你能夠告訴我，為什麼我會做這些奇怪的連續夢嗎？」

小寶想了一想，解釋道：「1899 年，著名的心理學家弗洛伊德出版了一本著作，名為《夢的解析》。他將意識分為意識、潛意識和前意識三個層面。其中，潛意識是存在於暗處並影響我們的東西。夢境是理解潛意識

心理過程的一種方式，每個夢都具有意義。夢境與做夢者，在清醒時的精神活動有所聯繫，並能展示出做夢者的心理結構。」

他繼續解釋：「之後，另一位心理學家榮格，在他的著作《人及其象徵》中，提出了其他理論。他認為夢具有超越個體的功能，可以促進自我整合。**夢也具有一種補償功能，能夠讓人們看到自己尚未意識到的一面。**榮格認為夢能夠突破潛意識的防衛機制，以明確的方式將潛意識的內容，包括壓抑、害怕和焦慮等等的心態，告訴做夢者。」

「可是，在夢境裡的情節，有些是我從來沒接觸過的，甚至也沒有相應的知識，完全不可能在潛意識中！」

「那妳有沒有做過『預知夢』？」小寶問道。

「有啊！夢中所發生的事情，後來都一模一樣地發生了！」晶靈立刻回答。「預知夢是否只是巧合呢？」

「也不一定。」小寶輕鬆地笑了笑，再說：「可能是因為妳夢見的事，是一早已經發生過的了。」

「你的意思是指『預定論』嗎？」晶靈問道。「是因為未來的事件都已經確定了，所以無論我們如何做，結果都一樣嗎？」

「我偏向相信，那是和時間有關的。」小寶說。「因為這件事在未來已經發生過了，所以妳所看到的是未來的事。」

「或者，妳可能到了其他時空的世界，又或是在『平行宇宙』中。」小寶補充道。「根據平行宇宙理論，當我們每做出一個抉擇時，宇宙會因為多個不同的抉擇而分成多個平行的分支，而每個分支都有不同的結果和新的抉擇點，這樣就產生了無限個宇宙，和無限個我們。」

「那麼厲害！」晶靈感嘆地說道。

「平行宇宙論，正好解釋了在宗教信仰的命定論中，為何人仍能有其自由意志。」小寶又繼續侃侃而談。「每一個宇宙也是神設計好了的，至於人能夠從哪一個分支走下去，決定權還是在於自己！」

「夢中的你也好像說過類似的理論，不過，太深奧了，我睡醒後便忘記了大半！」晶靈攤開雙手，再問道：「不如直接一點告訴我，你相信我的連續夢嗎？」

「我當然相信！」小寶肯定地回答。

「嘩！你真的相信啊！」晶靈高興極了，她說：「夢中的你所說的話，是真的呢！」

小寶問道：「妳做了連續夢那麼多年，為什麼今天才來告訴我？」

「因為這串夢實在太奇特，太匪夷所思，我以前認為就算告訴了你，你也多數不會相信吧！不過在今次的夢中，你確切地告訴我，你是來自現實的未來，而當現實的我，曾經告訴你有這串夢境時，你是相信的。」晶靈停了一下，再說：「所以我很想證實一下，現實的你

是否真的相信。我也想藉此應驗夢中，你說我在現實中來找過你這件事。」

「妳這個決定，產生了妳來找我這個宇宙。」小寶笑道。「這可能會引發蝴蝶效應，因為這一個微小改變，導致一個有極大變化的結果。」

晶靈感到他們的對話很神奇，她說：「夢中的你，除了說過我們是來自同一個世界的不同時間之外，你對安祖的身分，也有頗特別的見解。」

「願聞其詳。」小寶回應道。

晶靈組織了一下，慢慢地說：「你說，雖然安祖的長相和這個世界的安祖一樣，但因為宇宙是無限大的，在無限大的宇宙中有無限個一模一樣的他。你發現，每次夢境中的他，也不一定是同一個他。不過對於為何會發生這樣的事，你也不知道箇中原因。」

「這些也是有可能的吧！世界上有太多我們未知道的事！」小寶說道。

「小寶，你是全世界最聰明的人！」晶靈帶著崇拜的眼神，卻感嘆地說：「怎麼連你也有不知道的事情呢？」

小寶抬頭凝望著天空，並沒有說話。

「我還想問你，為什麼我在這兩個世界都遇到你們兩個啊！」晶靈喃喃地說。

小寶略有所思，然後回答：「這一個世界互相吸引的，在所有世界都會被吸引。」

　　這句話好像在哪裡聽過？晶靈的思緒在回憶中搜索著……。

CHAPTER 8

驗證夢境的暗號

「這一個世界互相吸引的，在所有世界都會被吸引……，這不正是小寶在夢裡說過的話嗎？在這一個世界說過的話，是否也同樣在所有世界中重複……？」

晶靈沒有再說話，她只是靜靜地看著小寶。她知道，在迷惑的時候，小寶總是能想到一些古怪的新點子，去破解所有眼前的困局。

「我想到一個有趣的實驗！」小寶突然說。「**我現在先想個暗號，日後妳到了那夢境時，我會告訴妳這個暗號。然後，當妳醒過來後，妳來找我，說出暗號。**」

「如果能對得上暗號的話，那便能證明夢境是真的了！」晶靈非常興奮地說。

「就算真的能對得上暗號，我們只能說夢境很大機會是真的。」小寶小心地補充。「因為也有一個極少的機會是碰巧猜中。」

「哪有這麼巧！」晶靈再說道：「不過，夢中的記憶有時很薄弱，擔心即使你說了暗號，我也記不得。所以，暗號既要非常容易記，又令我不容易猜到的！」

小寶神情古怪地笑了一笑：「我已經想好了！」

「暗號是什麼？」晶靈脫口而出問道。

小寶又露出一個古怪的笑容，說道：「不告訴妳！」

晶靈嘟著嘴說：「暗號就是『不告訴你』嗎？」

「妳到時便知道了！」小寶笑道，然後想了想，又

問：「夢中的我是一個老頭子嗎？」

「肯定不是一個老頭子！」晶靈想了一想，說道：「但我說不上你有多大，因為我在夢中完全沒有留意過這個問題。總之你就是你，模樣跟我最初認識的你與現在的你，都差不多！」

「**人在做夢時，通常都不會記得太清晰的細節。**」小寶解釋著。

「還有一件事要驗證的！」晶靈突然想起了一件事，她說：「在夢裡，你曾經告訴我你對婚姻制度的看法，來說服我和你在一起。你說一夫多妻，甚至沒婚姻的多伴侶制度，都比一夫一妻制度，更符合人作為生物的原則。請問，現實的你也是這樣想的嗎？」

小寶想了一想，說道：「婚姻制度在不同的文化中，有不同的觀點和理念。在生物學角度說，一夫一妻制度，的確是壓制了人類作為生物需要繁衍下一代的目的，不過這是現在世界上最為普遍對婚姻的價值觀。」

晶靈側著頭，努力地理解著。

「如果可以給妳選擇，妳也會希望婚姻是一夫一妻制的吧！」小寶笑著說。

「也不一定。」晶靈很認真地思考著，她再說：「如果我是出生於百多年前的清朝，自幼開始便被灌輸一夫多妻是對的價值觀，我想我會如當時的女性一樣，會對這種觀念全盤接受的！」

「至少，在現代的世界來說，以一夫一妻家庭為基礎的社會結構，能夠對雙方提供更高的財產保障。」小寶為這個制度提供了一個合理的解釋。

　　「或許將來，人類回顧我們這段歷史時，會笑我們是『封建婚姻』的年代！」晶靈想了又想，再說：「就只是百多年前，要『裹小腳』才是美、才能結婚的標準，這樣的審美觀真的很匪夷所思！」

　　「就算是現在，某些部族，仍視『頸長』為美的標準。他們會讓女性自小開始便戴上金屬頸圈，令她們的脖頸也能隨著年齡而增長。」小寶舉例。

　　「這又令我想起，在 17 世紀的歐洲和中國的唐朝，女性美的標準也都是胖，和很胖！」晶靈接著說道。

　　「而我們現在生活的地方，就只是幾年前，那種『激瘦就是美』的觀念也害人不淺。」小寶補充道。

　　「那你喜歡豐滿還是窈窕的女孩？」晶靈借機問他。

　　「『環肥燕瘦，各有千秋！』我當然全都喜歡，全都照單全收！」小寶笑著。

　　說畢，他們揮手道別，這一別以後，也不知下次再碰面，又會是多少年以後的事了！

　　道別後，小寶不禁回想起以前在大學一起唸書的一點一滴，他想起當年鼓起勇氣向晶靈表白時，晶靈只當

他在說笑，然後自己從此再也不敢向她表白了。他還記起晶靈臨別時，寫給他的一句詩句「願君行行雲流水，千里暮暮雲春樹」。

原來同一時間，晶靈也想起他們久違的往事，那些早已被遺忘的片段都一一浮現了出來。

晶靈竟然有一點兒掛念小寶，她想起小寶剛才的眼神，以及記起他喜歡鑽研古靈精怪的東西。

晶靈邊走邊想，突然「砰」的一聲，撞到了一個人。晶靈摸著撞痛的額頭，說著「對不起」道歉，那人卻大聲叫著：「晶靈！妳撞得我好痛！」

原來晶靈撞到的，是將小寶名片給晶靈的邱比特。晶靈也立即大叫：「比特，是你！」

邱比特睜大眼睛看著晶靈，從頭到腳，再從腳到頭，然後緩緩地圍繞著她轉了一圈，細細端詳。

晶靈知道邱比特的性情古怪，但心地善良，所以即使他在大街上這樣打量自己，也不覺得特別奇怪，只是說：「看到什麼了？」

邱比特似笑非笑地說：「愛情的味道！」

晶靈想了想，回答道：「怎麼會？我只是想起很久以前，小寶和我一起唸書的往事！」

晶靈又想到，邱比特比自己的人生經驗豐富，不如將自己有關夢境的疑惑告訴他，聽聽他的意見。於是，

晶靈便拉了邱比特進入一家茶餐廳，向他傾訴。

那是一家舊式的茶餐廳，百年老店，裝飾古舊，卻保留了傳統的香港風情。晶靈點了她最愛的港式奶茶，小口小口地呷著，感受著茶香與奶香交融的濃郁滋味。

晶靈由第一個夢境說起，說到剛才和小寶的對話，邱比特邊聽邊大聲打著呵欠，在聽完後，再連打三個大呵欠，才道：「我只有興趣聽愛情故事，妳的故事愛情元素不夠，很沉悶。」

晶靈抗議道：「愛情元素還不夠嗎？我在夢境無緣無故和安祖成了愛人，然後又無緣無故與小寶也成了愛人！」

邱比特突然認真起來，他說：「不會無緣無故的，在人夢中所有出現的愛人，一定是有原因的。」

晶靈不明白邱比特說什麼，疑惑地望著他。

邱比特解釋道：「特別是夢中小寶說服妳和他一起的說詞，以及最新夢境中，他哄妳在現實中去找他的說話，很明顯都有一種主導性存在。」

晶靈說道：「我不明白。」

邱比特繼續解釋：「這種主導性，可能是小寶闖入妳的夢境，有目的地影響妳的意志。就好像妳所說，他在夢裡灌輸妳接受一夫多妻的觀點。這肯定和妳在現實中的觀念有很大的衝突，但是從妳今天和他的對話中，

可以看到妳的想法被夢境的觀念影響了。」

晶靈疑惑地說：「你的意思是，他主動進入我的夢境給我『洗腦』？但人怎能進入另一個人的夢境呢？」

邱比特回答道：「現實的觀念又限制了妳的想像，妳未看過的、未想過的，不一定不存在！」

晶靈無奈地說：「你這個說話這麼多否定詞，是否在強調我真的被他在夢境中『洗腦』！」

邱比特故作神秘地把頭伸向前，沉聲地說道：「是小寶用異術闖入妳的夢中，給妳『洗腦』了！」

晶靈不相信，問道：「你怎會知道？」

邱比特說：「我是愛神，當然知道！」

晶靈笑著說：「你叫邱比特，大家才叫你愛神，你又怎會是真正的愛神呢？」

邱比特抗議著：「我真的是愛神啊！我是由『紅鸞』、『天喜』、『天姚』和『咸池』四種粒子組成的呢！」

晶靈大笑著：「你又說笑了，但不好笑！」

晶靈的笑聲在茶餐廳裡迴響，卻掩不住心中的疑惑。她開始懷疑，自己是否真的能區分夢境與現實的界線，心道：「纏繞我多年的夢境，莫非真的是小寶用異術闖入我的夢中，給我做成的幻象嗎？」

CHAPTER 9

九層地獄

「夢是我的真實，唯一真實的幻想，幻象是常見的事，我會嘗試活在夢中，因為這是命中注定的。」舊式的唱片機，播著悠揚悅耳的歌曲《真實》（Reality）。

晶靈回家後，一直坐在沙發上，閉著眼睛，靜靜地回想白天所發生的事情。她聽著《真實》，細味著歌詞，懷疑歌曲創作者和自己一樣，都生活在一串連續夢中。

曾經，她很害怕這些連續夢，不過這次，有了小寶提出的暗號驗證計劃後，探索夢境之事就變得更加有趣，因此晶靈非常期待夢境快快再次出現。

那晚，晶靈並沒有做那個連續夢，卻做了一個奇怪的「地獄夢」。

晶靈在一片平地上，地面充滿沙石、一片暗紅色，就好像生了鏽的鐵一樣。她抬頭望向天空，看見濛濛一片淡淡的暗紅，看不見太陽、月亮和星星，大地像是被濃厚的煙霞籠罩著。

晶靈深呼吸了一口，想感受空氣的味道，但卻沒有任何異樣的感覺。突然前方稍遠處的煙霞變得更深色，那種深沉更飛快地向晶靈撲過來！

是沙塵暴！

晶靈想起在影片中看過這種場景，這就像是模擬火星沙塵暴的景象！

暗紅色的沙塵向晶靈撲過來，她以為自己會粉身碎

骨了！然而，沙塵在晶靈身邊飛過、在她身體中穿過，她卻毫無損傷。

晶靈感覺自己就像站在一個立體投影的房間中。她記得去年到過香港大學黃克競樓，參觀工業及製造系統工程系的「洞穴系統」，站在五公尺高的立方體投影房間的情形。當工程師將戶外的環境投影出來時，晶靈能感受到自己像真的站立在戶外，但伸手出去，又碰不到任何東西。當時親歷其境的感受，和現在這種感受一模一樣。

晶靈眼前只有一片朦朧的沙塵，她什麼也看不到，於是便轉身看看，卻發現背後原來有一座山，眼前的是一個山洞入口。她無事可做，便大著膽子，進入山洞。

山洞環境是黑暗的，晶靈卻能在黑暗中隱約看見有一條路。她順著路而行，感覺自己在走一條人工開鑿的秘道。為什麼她會有這種感覺呢？很可能是因為這條山洞中的路形狀實在太規則，高度就是約比一個人的身高稍高，闊度是能夠容納兩個人一起平排行走的大小。

晶靈向前走了大約 20 公尺，然後向左拐了一個彎，驚見山洞中有一扇大門。這扇門形狀不規則，門面光滑，深邃的黑色看似由玄武岩鑿成。在大門前，站著兩個守衛。

晶靈立即停了下來，她盯著兩位守門人，但他們卻像看不見晶靈一樣，自顧自地對話。

左邊的守門人是一個禿頭的高個子，他瞪大眼睛，表情誇張地吹噓：「這裡只有極少數幸運兒能夠得到魔鬼大人的接見！大人召喚我的那一次，就是在這地獄的盡頭，魔鬼大人的房間中！」

　　右邊的守門人雖然身形矮小，卻挺著一個大肚腩，他羨慕地說：「我來這裡幾百年了，一直只留在最上層工作，不是在第一層『靈薄獄』巡邏，便是在這裡看守大門。究竟地獄的其他層數是怎樣的，環境也和這裡一樣嗎？」

　　禿頭守門人自豪地笑道：「地獄總共有九層，由這第一層『靈薄獄』開始，一直向下建築。『靈薄獄』的環境你也知道吧，這是一層扁圓柱形的建築。這層是地獄中的福地，靈魂是蒙福的，不用受苦。」

　　大肚子守門人點頭說：「這我當然知道！那些未趕得及受洗的嬰兒靈魂，甚至能在這裡施洗。所以，我也不覺得地獄是那麼恐怖的一個地方！」

　　禿頭守門人繼續以誇張的神情，嚇唬道：「越往下去，就越來越恐怖！只有膽子最大，能承受每一種最痛苦的畫面和慘叫聲的靈魂，才能得到那種震撼。能去到第九層，精神沒有崩潰的，就只有極少數！就好像……我！」

　　大肚子守門人笑哈哈地說：「我也沒有期望『環遊地獄』的想法，對我來說，以後能輕輕鬆鬆留在第一層，

便心滿意足了！但我也想知道，往下走會有什麼不同呢？」

禿頭守門人突然像一個說書先生一樣，他用手在空中比劃起來：「整個地獄的建築，你可以想像為一個漏斗的形狀！頂層面積最大，越往下走，每一層都是一個扁的圓柱形建築，但面積越來越細。往下走的時候，你會發現第二層比第一層細小，第三層又比第二層細小，直到去到第九層，就只有一個山洞廣場的大小，魔鬼大人的房間就在末端的一角。」

大肚子守門人露出不可思議的神情，驚嘆著：「這真是意想不到！那麼下面的環境是怎麼樣的？」

禿頭守門人望向山洞頂，但眼睛聚焦在極遠處，像是在回想。他說：「在第一層與第二層的的交界，有一個審判所，冥界判官會為每一個靈魂進行裁決，依據罪孽的輕重，把靈魂判入不同的層數。當然，我作為魔鬼大人直接召見的靈魂，有特許的通行證，因此能跳過審判所，一層一層地走下去。」

大肚子守門人聽他的吹噓，有點不耐煩：「你快告訴我地獄第二層是怎麼樣的吧！」

禿頭守門人得意地笑一笑，又說：「地獄第二層叫做『縱慾』，那裡有許多英雄和美人的靈魂，生前都是犯了縱慾之罪。那一層充滿了狂暴的颶風，那裡的靈魂都被風暴鞭笞著。」

大肚子守門人想起在山洞外面經常出現的沙塵暴。他還記得自己曾經被沙塵暴蹂躪，差點命喪其下。他顫抖了一下，然後說：「第二層已經這麼可怖，那麼更下層的呢？」

禿頭高個子像演講一樣，說道：「**第三至第九層，分別叫做『暴食』、『貪婪』、『憤怒』、『異端』、『施暴』、『欺詐』和『背叛者』**。每一層靈魂所受到的刑罰都不同。暴食層靈魂受到冰雨泥濘的懲罰；貪婪層中的揮霍靈魂與吝嗇靈魂互相以巨石撞擊；憤怒層的暴怒靈魂互相撕咬皮肉，慍怒靈魂則被浸在黑沼下；異端靈魂的下肢受火刑；施暴靈魂會遭受熔岩、鳥啄或火雨之刑；第八層『欺詐』便更可怕了，欺詐靈魂會根據欺詐的類型有十種不同的刑罰。」

禿頭高個子頓了一頓，拿出水瓶喝了一口水，斜眼看著大肚子守門人。

大肚子聽得毛骨悚然，又怕但又繼續問：「那麼，第八層有哪十種不同的刑罰？」

禿頭高個子笑著，繼續說：「誘姦的靈魂會被帶刺的皮鞭鞭打、諂諛的靈魂會被泡在糞便中、買賣聖職的靈魂會倒插點火、預言的靈魂會看不見前方、貪污的靈魂會浸在沸騰的瀝青中、偽君子的靈魂會穿著極重鉛衣、盜賊的靈魂會變成毒蛇、詭詐的靈魂會被焚燒、挑撥的靈魂其內臟會外流，而作偽的靈魂的身體會腐爛惡臭。」

禿頭高個子吸了一口氣，又繼續說：「在最後一層，背叛者的靈魂分為四類，其中出賣恩人的靈魂的刑罰最可怕，他們會直接被魔鬼大人啃咬！我那次見魔鬼大人時剛巧目擊，那種虐待折磨，真是難以形容！」

大肚子聽得渾身起了雞皮疙瘩。他咕嚕地吞了一口口水，然後道：「**幸好我沒有犯這些彌天大罪，否則就會永遠在地獄中受罰！是永永遠遠啊！**」

禿頭高個子「嘖」了幾聲，一副「你有所不知」的神情道：「以前，在地獄中受苦的靈魂的確是永永遠遠的，不過，最近地獄來了三位奇怪的靈魂。其中一位叫做『九眼』的地藏菩薩，真可笑，他好像是來感化魔鬼大人的；另一位叫做『德蕾莎修女』，她穿梭地獄每一層，照顧每一位受苦的靈魂；第三位最特別，他叫『呀力』，經常出入『縱慾』層，以福音感化妓女的靈魂。」

晶靈心想：「感化妓女靈魂？這個呀力真有趣！」

大肚子守門人把聲線壓低，回答道：「我也聽說過地獄最近來了奇怪的人，還有，聽說最近魔鬼大人好像更發行了什麼加密幣。這些新科技的玩意，你就不知道了吧！」

禿頭高個子睜大眼睛道：「我怎麼會不知道！魔鬼大人發行的加密幣叫做『魔夢幣』，一上市已經大受歡迎。」

大肚子好奇道：「魔鬼大人發行這些『魔夢幣』來

做什麼呢？」

禿頭高個子故作神秘地說：「魔鬼大人要取代神，統治世界的偉大決心是不變的。聽說他與平行宇宙的伙伴合作，利用不同世界的貨幣差，去操控跨世界的貨幣，不過，因為有人想去打擊和魔鬼大人合作的跨世界集團，於是集團要躲避。由於加密幣的交易保密度高，因此他們利用加密幣隱藏痕跡，進行跨世界的『洗黑錢』，讓打擊他們的人難以追蹤。為了進一步隱藏『魔夢幣』的系統位置，魔鬼大人把它的區塊鏈系統放在自己創造的夢境世界中。」

大肚子奇道：「把『魔夢幣』的區塊鏈系統放在自己創造的夢境世界中？」

禿頭高個子得意地說：「魔鬼大人原本創造的夢境世界，是為了禁錮一個重要的人，不過，他把夢境世界中的各個空間，包括每間房間和各走廊，都改造成一個個區塊，放置『魔夢幣』交易的加密資料。」

大肚子問道：「魔鬼大人為什麼要這樣做呢？」

禿頭高個子道：「因為地獄不在地球上，所以沒有網路覆蓋。魔鬼大人一直也是靠他創造的夢境世界，去連接現實世界的地球，以連上網路。夢境世界是網路最穩定的地方，因此魔鬼大人便把『魔夢幣』的區塊鏈系統放進去了。」

大肚子恍然大悟：「原來夢境世界是我們唯一能上

網連接的地方！那麼萬一有人駭入系統，斷掉地獄和夢境世界的連結時，我們便不能上網看電影了嗎？」

禿頭高個子道：「怎麼你的腦袋總是想著看電影這些『芝麻綠豆』般的小事情？你看，我們魔鬼大人做的是大事，他要透過操控跨世界的貨幣，耗盡所有平行宇宙人類的資源，令忠於神的人類全部死亡呢！」

大肚子大驚道：「令忠於神的人類全部死亡？但是，人類都死亡了，魔鬼大人還能統治誰？」

禿頭高個子更神秘地說：「魔鬼大人要以『人工智能人』去取代人類，他們的思考能力全靠訓練人員輸入的資料，容易被『洗腦』。」

大肚子讚美道：「魔鬼大人不但懂得加密幣，他連人工智能也會！」

禿頭高個子不屑地說：「加密幣和人工智能算得什麼？魔鬼大人還擁有大量『量子電腦』……。」

大肚子問道：「那些量子電腦又是什麼？」

禿頭高個子其實也是道聽途說，一知半解。他又怎麼會懂那些複雜的技術操作呢？礙於面子，他把話題一轉：「科技造玩意你懂什麼！以你的智慧，我說了你也不明白。不過，有一個魔鬼大人的小秘密，我一定要告訴你。」

大肚子知道有八卦可聽，便催促著：「快說、快說！」

秃頭高個子壓低聲音，在大肚子的耳邊說道：「魔鬼大人最近像發瘋一樣，據說他會把房間裡的物件全推倒，瘋狂叫著一個名字！」

大肚子驚訝地道：「魔鬼大人發瘋？真的嗎？你有親眼見過嗎？」

「晶靈！晶靈！」秃頭高個子裝扮成魔鬼瘋癲呼叫的樣子，又說：「我之前聽過傳聞，本來也不信，但上次到達第九層地獄時，便見到他突然在房間發瘋，那時，他就是這樣呼叫的！魔鬼大人創造夢境世界要禁錮的那個重要的人，就是晶靈！」

「晶靈？那不是我的名字嗎？魔鬼為什麼要禁錮我？」晶靈心道。她又想：「面前這兩位守門人說這是地獄，但既然他們看不見我，我是不是可以自入自出，進去看看呢？」

想著，晶靈便走到大門前。她見兩位守門人仍然看不見自己，便伸出手，欲推開大門。可是，她的手沒有碰到大門，反而穿了過去！接著，她整個身子也穿了過去，進入了地獄第一層！

晶靈感到很有趣，把上身伸回大門外面，然後拍打著大肚子守門人。大肚子守門人突然害怕地叫：「為什麼突然陰風陣陣？」

秃頭高個子見他無端地害怕，恥笑道：「這裡是地獄啊！這麼多靈魂，當然陰氣重！」

這時，調皮的晶靈也拍打著高個子守門人。他又突然露出古怪的神情，喃喃地道：「這種陰氣，真的很不尋常！」

突然，有一排人走進外面山洞，他們被鐵鏈鎖著，一個跟一個，步履蹣跚向前走。他們都低著頭、一臉愁苦。

禿頭高個子立即高聲道：「新來地獄的靈魂，都來這裡報到！」

晶靈知道不會在守門人口中聽到什麼特別的事，便一溜煙地進入了地獄第一層。

CHAPTER 10

糞便池

只見剛才在門外被鐵鏈鎖著的一排人，被押著進了地獄第一層。他們原本都是低著頭、一臉驚恐，但第一層中的平靜氣氛，卻令這班「新地獄鬼」一片茫然。這就是地獄了嗎？為什麼沒有火燒？為什麼沒有酷刑的呢？

晶靈在第一層「靈薄獄」遊走了一圈，她看到這層的靈魂都很平和，既不善、又不惡，要形容的話，便是感覺很模稜兩可。這些靈魂未獲准上天堂，又沒有被審判落地獄，浮游在天堂與地獄之間。

晶靈感到這一層地獄很沒趣，心想：「還以為地獄是一片熔岩，怎料，這一層比人間更平靜。」

晶靈走到落第二層的洞口，見有一些靈魂排著隊。一個靈魂正向一個女靈魂說：「判官就在前面，妳怕不怕？」

女靈魂回答：「怕與不怕也好，此刻也沒辦法迴避。我丈夫逃跑了，受生活所迫，要照顧病母，又要為兒子供書教學，除了當妓女，我也沒有任何維生技能。除此以外，我也沒有犯下特別大的罪！」

晶靈想起剛才守門人的對話，知道這妓女靈魂將會被判到第二層「縱慾」，她想快點去看看，於是把步伐加快。

當晶靈經過審判所時，誰也沒看她一眼。晶靈打量著判官，見他莊重威嚴、眉宇之間有一種攝人的氣勢，

他的氣派不像一個判官，更像一國之君，令晶靈突然聯想到希臘神話中，克里特島的國王！

晶靈繼續信步而行，她開始意識到，自己在這裡是一個隱形人，能夠環遊地獄而不被察覺！

到達第二層「縱慾」之後，晶靈先聽到陣陣淒厲的慘叫聲，而眼前狂風暴雨，颶風吹得雨點瘋瘋狂舞。晶靈想起上世紀末直擊香港的颱風「約克」，想起當天躲在家中，看到窗外巨大風雨狂襲的記憶，原來還不及這裡的十分之一！

晶靈又想起木星上面的大紅斑，那片持續了快要200年的大風暴！根據科學家的探測，這個風暴比整個地球的直徑更大，外圍最高風速更超過每小時400公里。晶靈不知為何突然想到：「莫非這『縱慾』層，是在木星的大紅斑中？」

由於晶靈的身體碰不到風雨，她只是冒著淒厲的叫聲，四處走動。晶靈看到靈魂們在受著「風雨鞭笞」，面容已經扭曲到看不出他們是守門人口中所說的「俊男美女」。

找了一段路之後，晶靈見到另外一個人和自己一樣，沒受到風暴的影響。那是一個男人，眼睛大而有神，臉上流露著善良的笑容。那男人正在為一個靈魂遮風擋雨，只聽他對那個靈魂說：「耶穌說：『神愛世人，甚至將他的獨生子賜給他們，叫一切信他的，不致滅亡，

反得永生。」神的愛可以改變妳的現狀，如果妳願意，請相信祂。願神的愛與妳同在！」

那個靈魂原來是女的，她回答說：「我生前是一個妓女，又怎能得救？」

晶靈想起，守門人說呀力以福音感化妓女的靈魂，而這個靈魂，生前是一個妓女。晶靈心想：「難道這位男子，就是禿頭高個子守衛口中的呀力？」

呀力安慰妓女的靈魂說：「不論過去發生了什麼，神也願意赦免妳的過錯，祂正敞開著懷抱等待著妳。」

晶靈跑了過去，叫了一聲「呀力」。可是，呀力卻沒有聽到。晶靈嘗試碰碰他，雖然如預計之中沒碰著，但見呀力立即回過頭來，疑惑地四處張望。

妓女的靈魂說：「我願意相信神，但我現在要怎麼做呢？」

呀力露出燦爛的笑容，然後說：「妳快回到第二層入口的審判所告訴判官，他會為妳安排！」

女靈魂感激地說：「我從前是一個為錢而出賣身體的人，萬惡纏身，本來以為永遠要留在地獄受苦。感謝先生的教誨，謝謝你，祝你一生平安！」

女靈魂離開後，呀力又走到另一個在痛哭嚎叫的靈魂旁。他撐起了一個保護罩，令那靈魂身邊的風雨打不到她。晶靈認得，這個靈魂就是剛才在排隊的那個女靈

魂，她生前為了母親和兒子，做過妓女。

「看來這個靈魂又有救了！」晶靈望著呀力的背影，感覺他比朱自清父親的背影更加宏大，能照顧別人的心，是世界上最好的人！

晶靈繼續走，不知不覺就到了第三層「暴食」的入口。

晶靈一走進去，便被眼前的漫天冰雪所震撼！那是一塊塊的冰，像冰雹一樣，從天空中猛烈地砸在地上，然後變得粉碎！她看見一些靈魂們無法站立，無助地在地上滾動著，不斷扭動身體。冰雹不斷砸打在他們的身體上，鮮血從頭部和身體各處噴湧而出，他們痛苦地呻吟著。有些靈魂的頭部被冰雹直接擊碎，腦漿四溢，眼眶中只剩下空洞。但轉眼間，他們的身體又恢復原狀，重新受到冰雹摧毀身體的刑罰。

晶靈看到這殘酷的情景，心想：「難道所謂永遠在地獄中受苦，就是在不停重複地受如此的酷刑嗎？那實在太可怕了！」

晶靈想走上去，希望能夠像呀力一樣，嘗試拯救這些受苦的靈魂。她踏前一步，踏上了一片看似平靜的雪地。然而，她立刻感到不對勁，她踏了個空，直跌下去！她心中一慌，只想道：「原來雪下什麼也沒有！我會掉到哪裡去？」

晶靈這時才留意到這裡有地心引力，而沒有形體的

她也受到這引力的影響！

晶靈一直跌下去，然後掉進一片泥漿之中。慶幸這是一片厚厚的泥漿，晶靈才沒有跌死在地獄中。她掙扎著浮了起來，然後嗅到一陣惡臭。

原來晶靈直掉在第八層地獄「欺詐」的糞便池中！

晶靈見到自己的旁邊，浸著一些靈魂。他們困在糞便池，沮喪地浮沉在污穢的環境中，他們無法自拔，都在低聲呻吟，充滿了絕望和痛苦。晶靈心道：「他們是『欺詐』中，諂諛的靈魂吧！」

這時，有一個人伸出援手，把晶靈從糞便池中拉上來！那人為了救晶靈，弄得自己一身也是糞便。

晶靈看看自己的身體，卻發現身上神奇地沒沾上任何穢物。

晶靈感到很好奇，她問道：「我在這裡應該是沒有形體的，為什麼妳能看見我呢？」

那是一位修女，她穿著一件白色的及踝長袍，頭上披著一條白色的頭巾，簡潔而樸素，氣質端莊。她說：「世界上有需要的人，我都會看見、我都會幫助！」

晶靈想起守門人的對話，知道她很可能便是德蕾莎修女，於是問道：「妳就是德蕾莎修女嗎？為什麼妳不在天堂，卻在地獄？」

德蕾莎修女微笑著說：「我不想留在天堂，我要走

進黑暗，為受苦的人燃點希望。」

晶靈又問道：「在地獄中有無窮無盡在受苦的靈魂，難道妳能一個一個照顧嗎？」

德蕾莎修女謙虛地回答：「愛並不關乎我們做了多少，重要的是我們在行動中投入多少愛。」

晶靈想不起她在哪裡聽過這句話，她想起剛才看到「詐欺層」靈魂們的苦難，又問：「我們怎樣可以像妳一樣，去照顧和拯救靈魂？」

德蕾莎修女微笑道：「無論在人間或在地獄，用妳的心去愛人。妳願意留下來和我一起去照顧這些靈魂，還是回到人間去照顧人世間的靈魂？」

晶靈不太明白，也不知應該如何選擇。在猶豫之間，德蕾莎修女已離她而去，繼續照顧其他在受苦的靈魂。

晶靈很佩服德蕾莎修女的奉獻，默默地對她的背影點頭，以示深感的謝意！

晶靈繼續走下去，到達了第九層「背叛者」。「背叛者」層雖然是地獄最小的一層，但仍然是一個巨大的山洞，山洞中又有許多小山洞的分支，宛如一個迷宮，不知通往哪裡。

四方八面的小山洞傳出一陣陣悲鳴哭喊的聲音，像立體聲道一樣震撼。這些聲音，與晶靈在上層聽到的嚎叫不同，卻又聽得令人心酸，迴盪著煎熬的痛苦。

晶靈聽到遠處上方一個山洞中傳來陣陣的聲音，於是她朝那個方向走去，爬上幾塊大石之後，便看見一個小山洞。山洞中，有一個人在發狂，他大叫著：「晶靈、晶靈！」

晶靈心想：「這個發狂的人，就是守門人口中的魔鬼了嗎？」

晶靈走上前，想看看魔鬼的樣子。可是，就在這個時候，她從夢中醒了過來。晶靈坐了起來，既感到失望又鬆了一口氣。雖然她還未見到魔鬼的樣子，但總算離開了恐怖的地獄。

這一個長又清晰、帶有很多細節的夢，逼真得令人震撼，令晶靈感到很特別。她想：「這個夢的真實感與那『連續夢』不相伯仲，莫非兩者是有關的嗎？」

於是，她立即致電「周公」，想聽聽他的意見。

CHAPTER
11

晨星

電話響了很久，晶靈想放下電話，但又害怕那種在夜深剩下一個人的恐懼。她伸出左手打開一座星空小夜燈，小夜燈的設計是外層包了一層星圖，當亮著的時候，在天花板和牆壁上，就好像掛著滿天夜空的星星一樣，連星座的位置都一模一樣。

「如果真的有平行宇宙，在無數個世界中，都會有同樣美麗的星空嗎？」

晶靈注視著夏季大三角中小小的海豚星座時，電話終於接通了。周公接電話時的聲音，明顯是在睡夢中被吵醒了。

「晶靈，妳知道現在是幾點嗎？」他不滿地說。

「凌晨三點，是做夢的時間！」晶靈高興地說。她不給周公回應，便立即又說：「我做了一個奇怪的夢！」

周公的優點，便是會耐心聆聽。不過當晶靈描述到夢中地獄的情境時，周公不禁「啊」地叫了幾次。但他忍住先不打斷晶靈的敘述，讓她能一口氣說完整個夢境。

聽完晶靈的夢境，周公立即問道：「晶靈，妳有看過但丁的《神曲》嗎？」

晶靈回答道：「沒有啊！那是什麼？」

周公說：「但丁是 14 世紀的義大利詩人，《神曲》是他的作品，描述了他到地獄、煉獄和天堂的經歷。」

晶靈問道：「有什麼特別？」

周公正經地道：「但丁《神曲》有關地獄的部分，與妳夢見的完全一樣！」

晶靈好奇道：「如何一樣？」

周公解釋道：「但丁描述的地獄有九層，每層的名字和妳夢見的一樣，每層的刑罰也和妳所說的一樣！」

晶靈覺得十分奇怪，問道：「我真的沒有看過他的著作，也從來沒有聽過地獄是九層的。我常常聽到有關中國十八層地獄的故事，還曾想像過它存在於平行宇宙中。但為什麼我的夢境不是我熟悉的十八層地獄，而是與他的記述一樣？」

「是否是在妳不記得的情況下，例如在年紀很小的時候，看過或聽過有關紀錄？」周公嘗試做出一個合理的解釋。

「那麼，《神曲》中有沒有德蕾莎修女和呀力的存在？」晶靈問道。

「沒有！但丁的那個年代，德蕾莎修女還未出生。而那個神秘的呀力，當真不知道是什麼人物。」周公回答道。「不過，但丁有描述過，他在地獄中見到很多知名人士！」

晶靈又問：「這個夢如此真實，會否和我的『連續夢』有關？」

周公笑道：「沒辦法作出判斷，因為，我研究了夢

境這麼多年，也真的未見過類似的案例！」

晶靈失望地說：「對不起，打擾你了。」

「不！」周公突然興奮地大叫。「晶靈，全靠妳致電來，我發達了！」

晶靈好奇地問：「怎麼了？」

周公靜默了一會兒，然後大叫：「行了！」

晶靈未來得及回應，周公又道：「晶靈，妳還記得我們曾經談論過虛擬幣嗎？那時我說的是網路遊戲的貨幣，現在市場上有了真實世界的虛擬幣了！」

晶靈想起夢中的小寶說過，買賣加密幣是為洗黑錢的罪犯提供流動性，是他們的幫凶，於是問道：「**周公，你不是在買賣加密幣吧！**」

周公立即答道：「正是！我上週在 0.01 的價錢買入了大量『比比幣』，價值約 100 萬。妳知道嗎？剛剛妳吵醒我的時候，我看見『比比幣』價錢突然上升到 0.04，於是立即放售，我賺了 300 萬呢！」

晶靈也不知道如何回應，周公卻突然瘋狂地道：「不跟妳說了，我要去看看新聞！噢！原來突然有很多商家接受加密幣來做交易貨幣，可以用來買物品！噢！又有一隻『魔夢幣』發行了，怎麼？發行者名字叫『魔鬼』？真有意思！不說了，我去研究一下買多少！」

晶靈十分驚訝，心道：「又是『魔夢幣』？就是那

地獄之夢中聽過魔鬼發行的加密幣嗎？」

晶靈還未趕得及發問，周公說罷便掛上電話。結果地獄之夢的謎題解決不了，卻衍生出更多的疑問。

晶靈唯有這樣安慰自己：「這畢竟是一個夢，又怎會真的是地獄？」

往後幾天，晶靈老是在想一定要做「連續夢」。她很想在夢中問問小寶那驗證夢境的暗號，以嘗試解開這串神秘夢境之謎。

日有所思，果然能夜有所夢。幾天後，晶靈便再度進入了那個「連續夢」。

夢境中，晶靈、小寶和安祖在尋找主宰。他們經過了數月的探索，已經大致掌握這座大樓的秘密。

除了禮堂的大門能夠通往其他時空，大樓內的每一個門口，包括樓梯後的出入口，也能夠偶然連接到其他時空。

換句話說，每一個人，每次進入任何一個房間，或者出入一個樓梯口之時，都有機會進入另一個不同的時空。

「自上次與安祖討論過之後，我便對這古怪的夢境世界加以研究，發現這裡的每個不同的時空，也是一個『加密區塊』。它們都給串連起來，是一個『區塊鏈系統』。」小寶向大家解釋。

安祖認同道：「我也如此推測，晶靈，妳看看每個區塊的牆壁上，也有一個『區域地址』，好像我們面前的牆壁，地址是『區塊 0168』。」

「區塊 0168：12000000000000000000000c6f6d2a5f4f3a4a8b9e8e7d8c6b9f1d2a3f5e4f1b2e9a3d2e3a2d2e4a3f5e6a7b8c9d0e1f2a3b4c5d6e7f8g9h0i1j2k3l4m5n6o7p8q201004027200451000002083236893tx1SleepinShinblades14DDCtx2MegaRetena5DDCtx3NicoRipped7DDCtx4GinTee610DDC……。」

晶靈望著字串在發呆，然後才問道：「那麼，區域地址下面的這堆怪字符又是什麼？」

安祖說：「這裡的首兩位數字『1』和『2』，分別代表區塊標題和版本，之後是此區塊和前一個區塊的『哈希』，是區塊鏈中區塊連結的指向。」

晶靈奇道：「什麼叫『嘻哈』那麼有趣？」

小寶笑道：「那不是嘻哈，而是哈希（Hash），它是密碼學中的一種基礎加密方法。」

晶靈吸了一口氣，又問：「Hash 發音明明是哈樹，為何不叫哈樹，叫哈希？」

安祖也笑道：「妳又胡鬧了！說到『樹』，我想起『默克爾樹』。它是一種數據結構，利用哈希函數驗證數據完整性和一致性，以提高數據的驗證效率和安全性。」

晶靈聽到「默克爾樹」時，便突然想起曾經在一次

夢境中，看到禮堂中由一棵檀香樹磨平拋光而成的木桌。她想起當時在木桌上看到的塵封典籍，於是問道：「小寶，你知道很久以前有一位跟我一樣叫晶靈的作家，出版過一本名為《魔夢啟示錄：量子解密之旅》的書嗎？」

小寶回答道：「沒有，為何妳這樣問？」

於是晶靈把她那個夢境，描述給小寶和安祖，並告訴他們書上作者的名字是晶靈。

他們兩個都對那個「檀香木木桌」時空沒有印象，但晶靈堅持她當時一回頭便看到大家。

小寶思考了一會才說：「或許當時妳一轉身時，便瞬間進入了另一個時空。」

晶靈不太明白，唯有問：「安祖，那什麼『哈希』之後又是些什麼字符？」

安祖笑道：「在『哈希』之後，是時間，在面前這組字符中，這區塊是在 2010 年 04 月 27 日晚上 8 時 4 分被加密放上來的。」

晶靈又問：「那麼，最後那些有人名的字符又是什麼？」

安祖解釋：「那是區塊鏈中虛擬幣的交易資料！tx1SleepinShinblades14DDC 中的 tx1 是這區塊的第一號交易，Sleepin 和 Shinblades 兩位交易者交易了 14 個 DDC 虛擬幣。」

晶靈再問：「原來如此，那 DDC 是什麼？」

安祖想了一會才回答：「通常那是虛擬幣的英文發音或意思的簡稱，例如『比比幣』英文是 Bit Bit Coin，簡稱 BBC。可是，DDC 會是什麼呢？」

小寶突然把話題一轉，回到晶靈之前的夢境，問道：「晶靈，在妳那個有檀香樹木桌的夢境中，看到的那本書的書名是《魔夢啟示錄：量子解密之旅》嗎？」

晶靈回答：「是的，你為何又問起來？」

小寶提示道：「那本書是有關『魔夢』。」

安祖說：「『魔夢幣』的英文便是 Devil Dream Coin，簡稱 DDC。」

晶靈不敢相信地道：「那麼，我們現在夢境區塊的時空中，牆壁上的數據便是『魔夢幣』的交易數據了！」

安祖微笑回答：「很有可能！」

晶靈又問道：「其實大家在說的『夢境區塊』時空，究竟是什麼呢？是不同空間嗎？那時空的『時』字，又代表什麼？」

「那是時間的意思！當妳打開大樓內任何一扇房門時，可能會進入原本大樓的過去、現在，或未來的房間，又可能會進入其他世界大樓的過去、現在，或未來的房間。」小寶向晶靈這樣解釋。

安祖突然想到：「既然時間可以轉變，那麼那本《魔

夢啟示錄：量子解密之旅》，便有可能是晶靈未來的著作了！」

晶靈笑道：「那麼，這暗示我們身處的魔夢加密幣區塊鏈系統，在未來會被解密嗎？」

小寶回答：「理論上應該是的，而且，書名提示解密是與量子技術有關。」

一說到量子技術，小寶與安祖對望起來，他們都想起有關量子電腦能以壟斷方式崩潰加密幣的理論。

晶靈想不通，於是又回到時空的討論：「還有，**為何我們有時候是在兩層高的大樓中，有時候又在十層高的大樓？**」

「至於層數不同的原因，我可以大膽地假設，是系統設計上有漏洞。」安祖說道。「區塊鏈的指向是用『連結列表』（Linked-List），我看到它有個漏洞，有時候會指錯區塊。」

晶靈好像有點明白了。

「無論如何，那個主宰，應該只是躲藏在某個房間中。」安祖猶豫地說道。「為何我們找了這麼久，還是找不到他？」

「我們已經搜遍了整座大樓的每個房間。」晶靈說。「兩層高的時候找過，十層高的時候也找過，我們還剩下什麼地方可以找？」

小寶突然靈光一閃：「有一個地方，我們從來沒去過！」

他的目光轉向禮堂後方的位置。

「電梯！」晶靈和安祖同時叫道。

小寶帶領著大家走過走廊，三個人的腳步聲，在偌大的大樓走廊中迴響著。晶靈感到害怕，她緊緊地抓住安祖的手，不想再和他失散。

由於大樓的電力一直中斷，除了禮堂和一些房間以外，周圍也籠罩在一片黑暗之中。正因為缺乏電力，電梯不能運作，所以沒有人考慮進入電梯，使得那裡成為了他們唯一未探索過的地方。

他們來到走廊盡頭的位置。在電梯前，晶靈問道：「電梯門是關著的，又沒通電，我們怎樣能打開它呢？」

「直接掰開電梯門就行！」安祖立即回答。

「你怎麼知道的？」晶靈問道。

「我不知道為何知道，是突然記起來的！」安祖的回答很奇怪。「我曾經打開過這部電梯，雖然並不是這一部。」

「什麼是這部，但又不是這部？」晶靈不太明白。

「應該是在我們都不在這個夢的時候，安祖自己來過另一個這裡。」小寶猜測著。「那個空間，可能和現在這個空間不同。」

晶靈望向安祖，想聽聽他的解釋。

安祖並沒有反應，他只向晶靈說：「妳往後退五步！」

晶靈仍然害怕，她緊緊拉著安祖的手，不願退後。

「退後五步！」安祖用近乎命令的口吻對晶靈說道。

晶靈對於安祖這麼凝重的態度感到莫名其妙。她退後了五步，注視著安祖。

「我是為了妳好！」安祖的聲音變得柔和起來。然後，他掰開了電梯門。

電梯門內，竟然是一個巨大的山洞！山洞非常幽暗，掩映著微弱的火光。火光是深紅色的，照射在石壁上，顯得分外陰森。

晶靈看見這山洞，感覺很熟悉，好像是在那個地獄中的夢境到過的地方，但又不太肯定。

而山洞中央，有一個美男子！為什麼一看就知他是男人呢？因為他光著身子、一絲不掛！

那男人外型俊美，眉目清秀，面容輪廓比女性更顯精緻細膩。然而，他的眉宇中卻帶著一層戾氣。

美男子冷冷地盯著安祖，然後突然大聲吼叫了起來，接著安祖發出了一聲慘叫，雙手捧著自己的胸口，顯得極度痛苦。

「是晶靈的『守護天使』啊！你又來找我幹嘛？」

美男子說道。「每次打開門時，最接近我的人，都會受到靈魂的剝奪。這已經是第二次了，難道你忘記了上一次，你的靈魂被剝奪而消散的痛苦教訓嗎？」

「上次消散的那個並不是我，他是另一個宇宙的我！」安祖說道。「如果晶靈要打開電梯的門，我就會保護她！因為我愛她！這是我作為『守護天使』存在的唯一意義！」

「你今次保護了她，又有何用？」那美男子傲慢地回應。「我在這個夢境世界所累積的靈力越來越強，因此你們每次逗留在這個夢境，對比現實的時間來說也會越來越長。當這裡的『熵』值變得最大時，她便會永遠留在這裡，留在我身邊。而這天，已經近在眼前了！」

晶靈輕聲問小寶：「什麼是『熵』？」

小寶解釋道：「在熱力學第二定律中，在一個孤立系統，例如這個夢境世界中，因為熱量會自然流向低『熵』的狀態，所以『熵』（Entropy）會隨著時間不斷增加。當系統最終達到熱平衡，熵達到最大值時，能量將均勻分佈，系統穩定得不能再做能量轉換。於是，所有的物理過程都會停止，所有物質都困在系統中，永恆不變，靜止不動。」

晶靈害怕地說：「言下之意，即是我會被困在這裡，不變不動，那我是死是活……。」

這時，看見安祖並不屈服，他毅然道：「無論如何，

我都不會讓你的陰謀得逞！我會一直來找你麻煩，直到成功擊敗你為止！」

美男子嗔怒道：「你只是一個『守護天使』，在天國中連個名字都沒有的極低級天使！而你，這極低級的天使竟敢兩次擅自打開我『熾天使』的門，還妄想能擊倒我！」

「你早已不再是『熾天使』了！」安祖勇敢地說。

「別忘記，我是晨星，是天上的明亮之星！沒有其他天使能及我！」美男子的神情更加不可一世。

「晨星雖亮，卻也只是被造之物，又如何能超越造物者？況且，你早已被神驅逐出天國了！」安祖停頓了一下，字字銘心地說：「那一次，我們看見你『從天上墜落，像閃電一樣』！」

晨星受不了刺激，他怒氣沖沖地衝出來，揮拳朝安祖打去。

安祖旁的小寶反應迅速，伸出手指瞄準美男子手腕上的穴道，試圖阻止他傷害安祖。

然而，安祖只是鎮定地站在原地，甚至沒有作任何抵禦的動作。

在晨星衝出電梯門之際，他的身體突然消失了！他舉起的拳頭和整個身體，都變成了全息圖的光彩。

是「全息圖人」！

CHAPTER 12

被剝奪的靈魂

「這是什麼？怎麼可能……？」那人突然從電梯的空間中走了出來，就像是在電視機之中突然爬出一隻怪物出來！晶靈驚怕得退後了幾步。

全息圖的光彩呈現出一個人形的影像，碰在安祖的身體上時，對他毫無損傷。

「全息圖人」退後一步，當他回到電梯門後的空間時，他的實體形體又重新出現。

「晨星，你擁有接近神的力量，甚至能夠創造這個夢境世界。」安祖說道。「然而，你的力量還不夠，晨星雖亮，卻怎能與日月相比？在你自己創造的夢境世界中，你只能聚集周圍的能量轉化為光線，卻無法『道成肉身』，觸碰到我們。」

晨星的眼神頓時變得很複雜，充滿著悲憤、不甘、失望、傷心，以及愛等各種感情。

「晨星是『熾天使』，他的天使職級是很高級的嗎？」晶靈好奇地悄悄問道。

「天使是為了侍奉、歌頌和榮耀神而創造出來的。」安祖詳細地解釋。「天使被分為九個等級，從低至高分別是『天使』、『大天使』、『權天使』、『能天使』、『力天使』、『主天使』、『座天使』、『智天使』，和『熾天使』。他曾經是最高級的『熾天使』，甚至是地位最崇高的天使長。」

「後來神做了亞當和夏娃，讓他們生活在伊甸園

中。」他頓了一頓，望著晶靈說道：「有一次，他前去伊甸園，並愛上了一個不應該愛上的人。」

「難道這跟我有關嗎？」晶靈指著自己的鼻子，她從晨星和安祖的眼神中，隱約猜到一些事情。

「你們兩個，就是以前在伊甸園裡的亞當和夏娃。」安祖望著小寶和晶靈說道。

小寶和晶靈都很錯愕，他們目瞪口呆，不知道如何反應。

安祖繼續說：「『熾天使』因為對晶靈的愛慕而觸怒了神，他為了佔有妳而企圖推翻神，但遭遇失敗。於是神把他驅逐出天國，並建立了地獄，將他關了進去。」

「那麼，你呢？」晶靈驚訝地追問。

「我是妳的『守護天使』，在伊甸園的時候，我也愛上了妳，但是那時，我只是把這份愛意藏在心底，沒有告訴任何人。」安祖苦笑回答。「你們被驅逐出伊甸園之後，我擅自離開了天國，跟隨著妳，繼續默默做妳的『守護天使』。」

「那麼，在現實世界的你呢？」晶靈疑惑地問。

「現實世界的我也是妳的『守護天使』。難道妳忘記在面臨難關時，妳也能順利渡過嗎？」安祖解釋。「有時在明，有時在暗，無論在哪一個世界，在無限的每一個世界中，我都是妳的『守護天使』，保護妳，照顧妳！」

「你是我的幸運星！」晶靈感動得掉下淚水。然而，她察覺到情況似乎有些不對勁，因為安祖的靈魂正在逐漸消散，他的身體變得半透明了。

　　「我的靈魂快消散了，不過，我很快活！因為我又能成功保護妳，代替了妳的靈魂承受被剝奪的痛苦！」安祖淡淡地說道。「就算我消失了，宇宙中無數的我也會接替下去繼續保護妳，就像以前一樣，以後也會是一樣。」

　　晶靈眼中充滿了淚水，她哽咽著，努力抑制住崩潰的情緒。

　　「我還有一個秘密要告訴妳。」安祖輕聲在晶靈的耳邊說了一會兒。

　　小寶聽不到秘密的內容，但看見晶靈的臉上，帶著難以置信的表情。

　　「謝謝你！」這是安祖最後聽到晶靈說的話，然後他的身影變得極模糊而稀薄，最後靈魂在空氣中消散了。

　　現在只剩下晶靈和小寶兩人，對付面前的敵人了！

　　小寶問晶靈，道：「剛才安祖說的秘密是什麼？為什麼妳的神情這麼古怪？」

　　晶靈含淚的雙眼望著小寶，說了四個字：「不告訴你！」

　　這時，晨星輕蔑地說道：「很好啊！我的情敵又消

散了！」

小寶非常鄙視他的輕蔑，但不禁又問道：「晨星，這究竟是什麼空間？為什麼你總是把晶靈拉到這裡？你有什麼目的？我們這次怎樣才能離開？」

小寶連續問了一連串的問題，但晨星似乎沒有回答的意思，他只是痴痴地盯著晶靈，看得她不好意思地低下了頭。

「求而不得……求不得。」他凝視著晶靈，喃喃地道。「當初我得不到妳，並和神決裂！那時候，有三分之一的天使們都替我感到不值，站在我的一邊。但出乎我的意料，米迦勒為了取代我、成為天使長，而背叛了我。他不僅沒有跟隨我，還率領餘下三分之二的天使攻擊我。從他們的角度看，我是背叛者！從我的角度看，他們才是背叛者！成者為王，敗者為寇，難道在歷史中所有的皇帝都是正義的嗎？所有未能得勝的對手都一定是邪惡的嗎？」

他激動地繼續說道：「我是晨星，是明亮之星！我不要墮落到地上，我要升到天上，我要高舉我的寶座，我要坐在聚會的山上，我要升到高雲之上，我要與至上者同等！如果那次我贏了，我就是神！我就是神！」

「晨星，『你因美麗心中高傲，又因榮光敗壞智慧』。」小寶如背誦一般將這兩句說話唸出來。

「儘管你是全天最明亮的星，晨星的仰角最大也不

過是四十五度，你是永遠無法攀爬至天頂的！」小寶堅定地說。「這是神創造萬物的時候，早已規劃好的，你明白嗎，魔鬼！」

「魔鬼？」晶靈驚訝地睜大了眼睛。「他就是那個地獄之王魔鬼嗎？」

魔鬼被激怒了，他吼叫道：「我不會讓你們離開這裡！你們兩個的靈魂，將會永恆地被禁錮在這個即將不再存在時間的夢境世界裡！」

「咔嚓」一聲，門被關上，他們眼前的景象變回了一個沒有電力的電梯。

晶靈向前踏了一步，打算再次打開電梯門。

「不要！」小寶阻止道。「別忘記每次打開與魔鬼的溝通之門，就會有一個靈魂被剝奪而消散。」

晶靈含淚嘆息，又想起了她的「守護天使」，輕輕地叫道：「安祖！」

CHAPTER 13

守護天使的心魔

安祖的意識變得模糊，他漸漸感受不到自己的存在，但從完全失去自己的那一剎那開始，他又感到意識漸漸恢復，而且記憶中多了很多新東西。

　　雖然他不記得自己有這樣做過，但他知道了自己曾經調查其他平行宇宙中，魔鬼與黑錢黨的關係。一段新的記憶在他腦中出現：「魔鬼黑錢黨組織發行了新的虛擬幣，名叫『魔夢幣』，目的是為了能更方便地在各個平行宇宙中，讓從不法活動得來的金錢，能夠自由流動，並變成能合法使用的資金。」

　　為什麼會有新的記憶呢？原來，安祖在夢境中消散了，但作為守護天使，他被創造時的設定，就是永遠地保護指定的人。

　　因此，在他消失的同一時間，他的記憶被傳送到無限宇宙各個世界的安祖的腦海中，成為了他們記憶的一部分，結果會有其中一個安祖，帶著以前眾多個安祖的記憶，來到這個世界繼續保護晶靈。剛巧，那個安祖原本正在追查魔鬼黑錢黨組織的活動。

　　除此以外，各個世界的安祖也都早已經知道魔鬼對晶靈的企圖，雖然魔鬼在伊甸園裡得不到她，但是他在地獄中運用了自己強大的力量，創造了夢境世界，並把在現實世界的晶靈，利用在做夢的時候，捕捉她的靈魂進去。

　　起初，由於累積的靈力未夠強大，因此晶靈只是偶

爾斷斷續續地進入夢境世界，然後又很快回到現實世界。然而，魔鬼聚集的靈力越來越多，夢境世界的結構也越來越緊密，以致晶靈每次被留在那裡的時間亦越來越長。

長此下去，晶靈最終會被永遠禁錮在夢境中，而隨著夢境世界的靈力不斷增長，以及魔鬼能力的不斷增強，終有一天，魔鬼將不僅是以光彩的形式存在，更能以實體的形式進入夢境世界。

為了保護晶靈，安祖必須摧毀夢境世界。然而，魔鬼為他那重要的世界，建立了強大的防禦陣，使得安祖無法從外部進行破壞。安祖明白只有進入夢境世界，尋找魔鬼的破綻及弱點，才能謀求摧毀魔鬼世界的方法。

在未來的現實世界中，晶靈已經進入了長期沉睡的狀態。每一次沉睡，她都受到夢境中魔鬼的折磨，而她的軀體，將在某一天完全進入長眠之後不知所終。那時，小寶為了拯救晶靈，致力研究進入夢境的方法。

終於，在他古稀之年後，他成功製造了能夠進入夢境的裝置，第一次進入了魔鬼的夢境世界，進入了晶靈連續夢的「第一集」。此後，他將所有的時間都用來進入夢境，陪伴晶靈，並尋找方法去拯救晶靈。

小寶雖然聽說過晶靈對於夢境的敘述，但是她的觀察力似乎太差，很多細微的地方也忽略了。例如她沒有去研究那扇禮堂的大門，她也沒留意建築物的高度變化，因此小寶花了很多時間探索，去解鎖這個空間之謎。

晶靈沒有注意到每次魔鬼運用力量，製造冰雪殺人的時候，他的目標都是小寶！雖然魔鬼能夠召喚冰雪攻擊，將人處死，但每次在他召喚冰雪的時候，小寶總能成功逃脫，暫時離開夢境，避開了所有的冰雪攻擊，回到現實世界。

　　魔鬼三番兩次試圖殺掉擅自闖入夢境的小寶，以防止他拯救晶靈。幸好魔鬼在夢境中只能夠變成毫無攻擊力的「全息圖人」，冰雪攻擊又給小寶全部避開了，因此他束手無策。不過，魔鬼將計就計，以重疊在小寶和安祖的身體上的方式，去近距離接觸晶靈。當然，這離他的欲望還相差很遠，因此，他繼續透過靈力來鞏固夢境世界，逐步實現他的目的。

　　當小寶成功製造了能夠進入夢境的裝置後，安祖便暗中使用了裝置，在夢境中來回尋找魔鬼的弱點，和夢境世界的破綻。安祖知道魔鬼能進入夢境，一定是有一個地獄和夢境世界之間的連接口，他要找到那個連接口。

　　今天，安祖終於在夢境世界中找到了魔鬼！雖然他的靈魂最終被剝奪並消散，但這仍然是值得的，因為他獲得了重要的線索，知道電梯大門就是通住地獄的連接口。只要破壞這個連接口，就能夠隔絕魔鬼進入夢境世界；他一旦有足夠力量的話，就可以毀滅夢境世界。

　　只要毀滅夢境世界，晶靈的靈魂才能夠離開，回到現實世界中！

「我個人的力量並不足以毀滅夢境世界。」安祖想到。「我可以找天使們幫助！但是這樣的話，我就必須回到天國自首和贖罪。到時，即使消滅了夢境世界，我也不能再陪伴在晶靈的身旁了！」

「我還是重返那個與晶靈相處的房間，重複又重複地回到那 20 天，那麼我們以後就都能過著幸福快樂的日子！」安祖的心魔在和自己的良心交戰著。

「可是，如果我這樣做，未來的晶靈將永遠被囚禁，承受無盡的痛苦，我怎麼可以這樣自私的呢？」

經過幾番掙扎之後，安祖終於擊倒了心魔，他展開翅膀，朝天國飛去，尋找天使長米迦勒，準備自首。

他知道這是唯一的出路，只有這樣他才能獲得天使們的幫助，消滅夢境世界，拯救晶靈。

CHAPTER 14

大滅絕

失去了安祖的夢境世界，晶靈感到徬徨無措。她呼吸著帶著霉臭味的空氣，目光游離在古舊的建築和破敗的牆壁之間，心中充滿了永遠被困在這裡的恐懼。小寶正在想辦法離開，晶靈的情緒卻早已崩潰。

　　「我們現在該怎麼辦呢？」晶靈哭著嗓子地說。「怎樣才能逃離夢境，回到原本的世界呢？」

　　「魔鬼是不會讓我們夢醒的！」小寶煩惱著。「所以，我們必須自己找到方法離開！」

　　他們毫無頭緒，不知從何著手。小寶提議道：「禮堂那扇大門既然能夠連接到其他時空，我們不妨試著不斷打開和關上它，看看是否能夠幸運地連接到我們熟悉的時空。」

　　「這方法太笨拙了！它是一扇隨意門，每次連接到其他時空都會不同的呢！」晶靈說道。「我需要打開那扇門多少次？我們要花多久才能回去？還有其他方法嗎？」

　　在沒想到其他的方法之前，他們決定採取笨拙但唯一的方法。

不斷開關那隨意門！

　　一打開門，他們被眼前的影像驚嚇得呆住了！

　　他們看見有一群極其明亮的流星在面前劃過，它們亮得令黑暗如白晝一樣！只是幾秒後，流星墜落在一個海灣。猛烈的碰撞，發出了轟天巨響，海水與碎石紛飛，

流星群甚至被撞擊到半空中！

小寶和晶靈所處的位置有點特殊，他們彷彿懸浮在半空中，可以俯瞰地面。他們就像在看電影一樣，看到影像，聽到聲音。雖然他們感受不到熱力，但依然感到震撼！

撞擊過後，地震、火山爆發、森林大火和海嘯接踵而來，許多動物正在逃難，逃不掉的紛紛倒下死亡。

「看來是隕石的撞擊！」晶靈心道。

接著，他們眼前出現了一群恐龍！

「我知道了！」小寶大聲叫道。「這是 6,600 萬年前的世界！」

「當時，一顆直徑約十公里的隕石撞擊了墨西哥灣，釋放出巨大的能量，使灰塵籠罩了整個地球，遮蔽了陽光並使氣溫下降。這急劇的環境變化，最終導致了恐龍滅絕，以及地球上四分之三的物種死亡。同時，它還形成了一個直徑約 180 公里和深度約 20 公里的隕石坑。」小寶繼續解釋道。「這一事件被稱為『白堊紀至古近紀滅絕事件』，是地球史上的第五次大規模滅絕事件。」

「第五次？」晶靈好奇地問道。「我還以為恐龍滅絕就是唯一一次的大滅絕，那麼之前四次是怎樣的？」

小寶回答道：「前四次的大滅絕事件，分別發生在 4.4 億年前的奧陶紀至志留紀、3.6 億年前的晚泥盆紀、

2.5 億年前的二疊紀至三疊紀，以及兩億年前的三疊紀至侏羅紀時期。每次事件都造成了三分之二以上的物種滅絕。」

小寶繼續說道：「第五次大滅絕事件，是恐龍時代的終結，也是哺乳類動物時代的開始。」

晶靈感嘆地說道：「巨大的隕石撞擊地球，只是一個偶然的事件，卻導致了統治地球的恐龍滅絕！」

小寶繼續侃侃而談，他說：「是的，恐龍統治地球長達 1.6 億年，然而隕石撞擊事件卻令地球發生了翻天覆地的巨變。它最後為人類提供了合適的環境，使我們得以演化成現今地球上的新主宰。事實上，恐龍滅絕後，哺乳類動物經過了 40 萬年時間才恢復，並在之後的 500 萬年後才進化出大型哺乳類動物。最終，哺乳類動物進一步演化並興盛，更演化出了現今的人類。」

「如果發生第六次大滅絕事件，不知道人類會否滅亡呢？」晶靈感嘆地說道。

「正所謂『物競天擇，適者生存』，到時候，自然界又會選擇能適應環境的物種生存下來，延續地球上的生命！」小寶笑道。

「說到達爾文的『進化論』了！」晶靈笑道。「其實我一直不明白，黑猩猩為何能進化成人類？為什麼在黑猩猩進化成人類的過程中，沒有發現中間環節的化石？為什麼現在沒有處於進化過程中的半人半黑猩猩的

生物？」

「人類並不是由黑猩猩進化過來的啊！」小寶澄清道：「我們只是有共同的祖先。」

「在生物基因組的研究之中，有非常清楚的證據支持這一點。」他繼續解釋，說道：「我們那共同的祖先是古猿，在大約 600 萬年前，我們分開了兩條不同的進化路線，最終演化成今天的人類和黑猩猩。」

「那麼，600 萬年前的人類，就已經長得如我們現在這個樣子嗎？」晶靈追問。

「當然不是！人類的進化是經歷了一個漫長的過程的！」小寶笑著說道。

「600 萬年前的古人類是阿法爾人，起源與非洲。大約在 200 萬年後，人類的祖先發展出直立行走的能力，並開始使用工具。再過 200 萬年，人屬的早期人類物種才出現，他們開始擁有社交的能力。演化一直持續，直到 20 萬年前，智人才出現。」

「智人？」晶靈問道。「智人不是指現代人嗎？為何在 20 萬年前便出現了？」

小寶笑著說道：「智人是人科的一個物種，包括了由 20 萬年前的人，到現代人。大約在 20 萬年前，人類的腦容量進化到擁有智慧的思考，他們能運用語言，以及使用工具。」

「原來如此！」晶靈說道。她雖然很崇拜小寶的博

學，但聽他的「演講」聽得有些疲倦，於是建議道：「不如我們關上大門，再把它打開，看看會再遇到什麼新奇的世界吧！」

小寶笑了笑，同意了晶靈的建議。他們一起關上大門，然後再次打開。這次，他們見到一隻恐龍在對著大門吼叫。

他們嚇了一跳，並退後了幾步！那條恐龍作勢想撲過來，但是似乎大門口有一層屏障，牠並不能越過大門衝過來。

「**哈哈！怎麼又是恐龍？看來牠不能接近我們！**」晶靈笑著說。

晶靈觀察了一會，又說：「怎麼這個環境那麼奇怪？恐龍後面有很多樹木，但是地上卻沒有草！我還記得電影《侏羅紀公園》中，迅猛龍在草叢中追逐人類的那一幕！這個世界究竟是在什麼年代？沒有草的恐龍時代，難道不是我們的世界，是另一個世界嗎？」

小寶立即回答道：「也不一定！根據地球的化石紀錄，草是大約在 5,500 萬年前才出現在地球上。由於恐龍已經在 6,600 萬年前滅絕，因此，恐龍並沒有像電影《侏羅紀公園》裡的一樣，在草地上追逐獵物！」

「小寶，你就是什麼都懂！」晶靈讚美地道。

小寶看著晶靈帶著崇拜的眼神，這眼神和在現實的她一模一樣，這讓他心動不已。

毀滅夢境世界

安祖一邊懷念著晶靈那令他心動不已的眼神，一邊展開翅膀，向天國飛去。他知道自己即將永遠地離開她，但永遠不會忘記她。儘管身體分離，他們之間的愛依然存在。

　　他穿過了厚厚的雲層後，便到達了天國。遠遠看見一位天使在迎接他，竟然是天使長米迦勒！

　　「晶靈的『守護天使』，你終於回來了！」米迦勒慈祥地微笑著。

　　「其實我並不是沒有名字的，我的名字就是『晶靈的守護天使』！」安祖一想到，胸膛一挺，心中充滿了自豪。

　　「對不起，天使長！」安祖慚愧地表示歉意。「我經不起誘惑，偷偷離開了天國！」

　　米迦勒算了一算，說道：「地上已經過了千代吧！你的每一世都過得可好？」

　　安祖回想他所經歷的生生世世，慶幸都總是能在晶靈的身邊，暗中照顧她、保護她。他回答道：「每一世都非常好，非常幸福！」

　　「那麼你為什麼要回來了？」米迦勒的樣子明明就是已經知道答案一樣，卻偏要安祖面對這個問題。

　　「為了拯救晶靈！」他深深地吸了一口氣：「魔鬼為了佔有她，創造了一個夢境世界，要把她的靈魂永遠

禁錮在裡面。我已經查到了那個夢境世界的秘密和魔鬼的弱點，只要能夠毀滅那個夢境世界，晶靈的靈魂就得以釋放。可是，我不夠力量，所以回來請求天使長的幫忙！」

「你可知道，就算你是自己回來自首，還是要承受懲罰的？」米迦勒問道。「很有可能，你會被囚禁思過，永遠不能再見晶靈了！」

「我知道，我是心甘情願的！」安祖堅定地回答道。「只要能夠拯救晶靈！」

「你的離去，是為了晶靈。你的回來，難道不是也是為了她嗎？」米迦勒笑著問道。

安祖感到有點尷尬，但還是回答道：「正是！」

「我感受到你那深深的情意，是對是錯，我也沒法判斷。」米迦勒說道。「這件事牽涉到尋找魔鬼的弱點和破綻，或許一切一切，包括你離開天國，都是神的旨意和安排。」

「天國也知道了夢的世界之事了嗎？」安祖問道。

「是的，而且我們從你的記憶中閱讀到更詳盡的資料。」米迦勒回答。

安祖點頭表示明白，然後問：「那麼，請問我們現在應該做什麼？」

「我們現在首先要做的，如你所想過的一樣，是切

斷地獄和夢境空間的連接口，讓我們進行破壞的時候，魔鬼不能夠保護那個世界。」米迦勒解釋他的計劃。「接著，我們要逆轉夢境世界宇宙的膨脹。」

「這是什麼意思？」安祖並不明白。「根據調查，夢境世界是跨宇宙的黑錢黨發行『魔夢幣』的地方，那不就是一個虛擬幣的區塊鏈系統嗎？」

米迦勒微笑道：「你說得對，但世間一切也只不過是能量的轉換，即便是一個區塊鏈系統，夢境世界的設計，也跟大大小小宇宙一樣，最初也是一個極高溫和密度極高的狀態。這個狀態，地上的人稱之為『奇異點』。」

「奇異點？」安祖好像在那裡聽過。

米迦勒繼續說：「魔鬼通過他的『焚天儀』造成量子的變化，令『奇異點』經歷了一次『大爆炸』，然後夢境宇宙開始膨脹。之後，這個宇宙一直膨脹，直至物質冷卻，最終形成了今天你們看見的夢境世界。」

安祖想起物理學的理論，問道：「這和『宇宙大爆炸』的理論一樣嗎？」

米迦勒點點頭，進一步解釋：「根據我們的觀察，魔鬼正在控制夢境世界的膨脹速度，目標是令那個宇宙平衡於既不膨脹也不收縮的『熱寂』狀態，屆時，夢境世界裡面的『熵』會達到最大值，而熱也會達致平衡的狀態。」

「然後會怎樣？」安祖迫不及待地追問。

米迦勒繼續說：「到了那時，夢境世界不再存在任何有組織的結構，時間亦不再有意義，晶靈的靈魂就會被封死在夢的世界，而她在真實世界的軀體也會永遠消失，不會再出現。」

安祖擔心地問：「如果我們能毀滅夢的世界，晶靈在現實中的軀體就能夠重新出現了嗎？」

「理論上正是如此！」米迦勒點頭說道。

「那麼我們快去逆轉宇宙的膨脹吧！」安祖雀躍地說。「但是，逆轉後又是怎樣的情況？」

米迦勒的回答，令人相當震撼：「當我們逆轉夢境世界的膨脹，那個宇宙就會開始收縮，並經歷『大崩潰』，最後回到奇異點的狀態。在大崩潰的過程中，夢境世界中的空間會變得扭曲，物質和能量將不斷被壓縮，塌陷崩潰。」

「那麼我們現在就行動吧！」安祖急道。「但我們要怎樣做？」

「魔鬼的『焚天儀』其實是一個超級電腦系統，我們需要一位駭客，闖入那電腦系統，截斷地獄和夢境世界的連接口。」米迦勒笑著說道。「我們之中，最近就只有你上過大學、唸計算機科學系，是最合適的人選！」

「這就包在我身上吧！」安祖充滿信心地說。

「當你截斷了連接之後，我就會立即召喚所有天使

一起破壞夢境世界，令這個宇宙塌陷萎縮，崩潰並完全消失！」米迦勒接著說道。

安祖問道：「天使長，請問你們打算如何進行破壞呢？」

米迦勒接解釋道：「我們知道，『魔夢幣』系統運行在夢境世界上，破壞系統便能摧毀夢境世界。我們的計劃，便是調動所有平行宇宙中所有天使一起挖礦，以最快的速度成為驗證者，提供假的驗證結果，令『魔夢幣』系統因為有過半數驗證者的虛假驗證，出現數據問題。最後，令投資者們對『魔夢幣』的可靠性和安全失去信心，大幅拋售，令系統崩潰，瓦解魔鬼發行的『魔夢幣』。」

安祖問道：「你們怎會知道這些新科技的呢？」

米迦勒笑道：「天使也要與時俱進的！」

安祖猶豫地道：「但是，當大家拋售『魔夢幣』時，系統中的區塊只會因交易增加而產生更多紀錄的加密區塊。即使幣值歸零，『魔夢幣』倒閉了，區塊鏈系統仍然存在，夢境世界又怎會因此而瓦解呢？」

米迦勒繼續笑道：「在你的記憶中，我看到『魔夢幣』區塊鏈的指向存在漏洞，偶爾會指錯區塊，這不僅會導致系統失去一些紀錄區塊，就像夢境中的大樓暫時由十層變兩層時，會暫時失去一些數據紀錄。」

米迦勒繼續解釋：「當系統將新區塊加入區塊鏈時，

因為指向失敗，系統會不斷重試，而當投資者大幅拋售時，便會出現大量交易數據，進而有更多加密區塊被加入區塊鏈。大量的指向重試會令系統過熱，最終超出負荷，直接令伺服器當機，並因高溫燃燒。這次能量轉換，會做成區塊鏈系統，即夢境世界的大崩潰，最後系統回到奇異點的狀態，完全瓦解。」

米迦勒頓了一頓，又補充：「這瓦解既是邏輯性，也是物理性的。」

安祖想了想，又問道：「天使長，其實你們的總動員攻擊已經足夠，為何還要我駭入系統，切斷地獄和夢境空間的連接呢？」

米迦勒道：「**魔鬼在地獄的中有大量的量子電腦，但那裡本身沒有網路覆蓋，因此他只能靠夢境世界的系統連接網路**。假若不切斷地獄的連接，在我們發動總攻擊時，地獄勢力便能以量子電腦的神速計算，比我們更快提供正確驗證，那麼我們的攻擊便會徒勞無功了。」

安祖再想想，又道：「但在這麼多個宇宙中，我們的力量還不及九牛一毛，其他世界的地獄勢力又如何解決？」

米迦勒笑道：「你是從其他世界調過來的，難道你忘了，全部宇宙中的無限個安祖，也能夠一起總動員嗎？」

安祖奇笑道：「我明白了，但是，如果在夢境世界

萎縮的時候，小寶和晶靈的靈魂在裡面會變成怎樣？」

「如果是這樣的話，他們會跟著夢境宇宙崩潰，靈魂會被壓死，世界上再不會有他們了！」米迦勒回答。

「那麼，我們要快點令他們離開！」安祖擔心地道。

米迦勒說：「我們沒有辦法直接令他們離開，因為魔鬼此刻已經封鎖了進入夢境世界的通道，而禮堂大門又只會連接到某些特定的空間，因此我們沒有能力進去救他們。而且，魔鬼已經早一步截斷了我們和夢境世界之間的通訊渠道，因此我們並不能透過靈力，與他們作語音溝通。」

「那怎麼辦？」安祖心急如焚。

米迦勒繼續說道：「所以，我們要吸引他們自己通過禮堂大門，離開夢境空間。」

「萬一事情不似預期，他們不敢通過禮堂大門，怎麼辦呢？」安祖想起晶靈害怕通過大門，他道：「在闖入超級電腦系統的時候，我要在夢境世界加建一扇逃生之門，這就是所有電腦系統都需要，但很多人都忽略了的緊急應變方案！」

米迦勒繼續說道：「那你加建一扇緊急應變的逃生之門吧！」

安祖又說：「我會再加一個能夠與他們溝通的通訊協定設計，令外面的人能與裡面的人溝通！」

米迦勒稱讚說道：「你就是如此細心的天使！」

安祖卻苦惱地說：「但我還未想到如何能吸引他們自行通過禮堂大門，離開夢境空間呢。」

米迦勒充滿信心地說：「我現在就把禮堂的大門，連接到一個能夠吸引他們的地方，希望他們會離開夢境世界，暫時到達其他世界去避開那一劫！」

安祖高興地問道：「那是什麼有趣的地方？」

米迦勒說：「對於在 2009 年那裡發生的一件事，小寶一定會深感興趣的！」

CHAPTER 16

時間旅人的請柬

日復一日，夜復一夜。小寶和晶靈輪流打開隨意門查看，如果不合適就再關上門。有時大門會打不開，完全沒有規律可追尋。

「為什麼禮堂大門之後的空間，不是虛空，就是在地球上？」晶靈抱怨道：「我還期待能看到別的星球，能和外星人打交道呢！」

晶靈一邊說，一邊打開大門。她看了看，見到了一個房間。她不感到興趣，於是便慣性地想把大門關上。

「等等！」小寶大叫。「這裡！這裡！」

晶靈在門關上的一剎那停了下來，看著滿腔瘋狂眼神的小寶。

他們再把大門拉開，外面，仍然是晶靈看到的那個房間。

這是一個哥德式建築風格的房間，柱子上，掛滿了七彩繽紛的氣球。牆壁上懸掛著一條橫額，上面寫著「歡迎時間旅人！」房間中央擺放著一張餐桌，桌上放滿了食物和酒，像是準備舉行派對一般。

桌子上還有一個被咬掉一口的蘋果，顯得與其他排列得整整齊齊的食物格格不入。

房間中只有一位年約 70 歲的外籍老人坐在輪椅上。他的身體並沒有動，卻在頻頻點頭，感覺他有點激動。他用英語非常緩慢地問道：「你們是從哪個年份來的？」

晶靈並未回答老者的問題，心中想道：「這怪老頭子的問題怎麼這麼奇怪？」

「她是從 2010 年來！」小寶回答那外籍老人。「而我，則比她晚了約 50 年！」

「呵呵！」老者木無表情，繼續緩慢地說道：「原來今天的一年後就已經有時間旅人了！」

「一年後？」晶靈好奇地問。「先生，你的意思是你是 2010 年前一年的人，也就是 2009 年的人嗎？」

老者反問道：「難道你們不是收到我的請柬，才來到這個聚會的嗎？」

「什麼請柬？」晶靈感到困惑。

「時間旅人的請柬。」小寶插話道。

他繼續說：「如果我沒猜錯，你那邊的時間是 2009 年 6 月 28 日中午 12 時，地點是劍橋大學的岡維爾與凱斯學院，經緯度是……。」

「果然是未來人！」老者說道。「這張請柬，就只有我一個，和未來人知道。」

「請進來，未來人！」老者以緩慢的聲音，邀請他們進入他的空間。

「這位是霍金先生，他在 2009 年發出請柬，邀請未來的時間旅人，去劍橋大學相聚。」小寶向晶靈解釋。「我們連接到了 2009 年的英國的劍橋大學了。我們進去

吧！」

晶靈有些害怕，悄悄地說：「我們一定要走入隨意門嗎？」

小寶笑著回答：「為了解開我們所經歷的神秘事件，我們值得嘗試跨過這扇門，向他尋求指導。」

晶靈雖然感到很疑惑，但她對小寶深信不疑，知道他的判斷一定是正確的！

當他們踏入大門時，晶靈仍然擔心自己和小寶會像太陽一樣，在白茫茫的霧中瞬間消失。她緊緊地握住小寶的手臂，害怕與他失散，就像那次在大樓頂樓探索時與安祖失散一樣。

「歡迎，時間旅人！」霍金說道。「我一直以為，人無法回到過去，只能向未來進行時間旅行。你們是如何回來的？是通過蟲洞嗎？」

晶靈和小寶看到桌子上的一張請束，上面寫著：「誠摯邀請閣下參加時間旅行者的宴會，宴會日期為 2009 年 6 月 28 日中午 12 時，地點為劍橋大學的岡維爾與凱斯學院，經度 0.1165°E，緯度 52.2048°N。」

「霍金先生，我們並不是因為收到這張請束而來的。」小寶解釋道：「這個時空的連接是偶然發生的。」

於是，小寶將自己和晶靈如何從同一個世界不同時間，通過夢境進入了一個空間，然後通過這空間的大門

來到這裡的整個過程，一五一十詳細地向霍金講述。

霍金細心地聆聽著，聽完後陷入了沉默，神色像是在苦苦思索著一樣。

由於霍金罹患肌萎縮性脊髓側索硬化症，完全喪失了說話和行動的能力。他使用了語音合成器，透過細小的頭部運動來操作感應器，然後由電腦合成語音，使我們能夠聽到他的聲音。因此，合成出來的說話顯得比較緩慢。

經過漫長的時間，霍金終於「開口」，問道：「你們說那個門後的空間，是背叛了神的魔鬼所創造出來的嗎？」

「是的。」小寶確定地說道：「那個空間的主宰，也就是魔鬼，向我們傳達了這個信息。」

霍金再次陷入了沈思。良久以後，才開口說話。

他說：「我是一個無神論者。」

他繼續說道：「我們的宇宙，是在一次偶然的量子變化而引發的大爆炸產生的。宇宙的存在並非由神創造出來，宇宙是無中生有的，因此，宇宙中不存在神或伊甸園，也沒有天使或魔鬼。」

「我們假設這個宇宙中沒有創造者。」小寶問道：「那麼在宇宙以外呢？」

「有太多事情，是科學尚未能解釋得到的。」霍金

並沒有直接回答小寶的問題。「就像愛因斯坦的『相對論』，也不能解釋量子世界中的衝突和矛盾一樣。」

他繼續說：「在那邊的聖三一學院，有一棵蘋果樹。正是在那裡掉下來的蘋果，令牛頓得到『萬有引力』的啟發。據他說，這是從伊甸園掉落的禁果。當時，他拾起了的那蘋果，發現它缺了一口，被人咬過，但像是奇蹟一樣，那蘋果一直沒有腐爛，後來它被保存了下來，直到現在。多年來，我們對於這個蘋果的疑問，一直都未找到一個合理解釋。」

霍金進一步說道：「科學的進展是通過啟發、懷疑、驗證和不斷的辯證，一點一點去揭示真理。也許，未來的某一天，我們能夠解開這個蘋果的疑團，也能找到驗證神存在的方法。」

「牛頓的蘋果。」這時，晶靈望著桌子上，那被咬掉一口的蘋果。突然想到：「難道夏娃吃的禁果，就是眼前這個蘋果嗎？」

CHAPTER 17

蘋果

晶靈眺望那棵樹，突然有一種很特別的感應，當年是樹主動給予了牛頓的提示，使他領悟了萬有引力，改變了世界。晶靈想走去碰觸那棵大樹，於是她望向房門，想離開房間走到外面。

不過，那房門突然被打開了。一個冒失鬼衝進來，抱歉地說道：「霍金先生，我遲到了！」

那冒失鬼是一個外籍青年，看來 20 歲左右，他向霍金說：「我對時間控制得不夠好，比原定時間遲了兩小時才到！」

「歡迎，時間旅人！」霍金說。「你是從什麼時間來的？」

晶靈趁機看看這房間門外是什麼樣子，不過，意料之外，她看到的並非哥德式設計建築的走廊，門口黑黑沉沉，非常雜亂，像一個雜物房，也像一個車房。

「那地方不是走廊，是連接了他來的時空。」小寶看到晶靈臉上的疑惑，向她說明。

「1977 年，美國！」那青年說。

「這張請柬應該是未來人才會知道。」霍金問道：「你是一個從過去來的人，為什麼會知道呢？」

「霍金先生，因為一次特別的遭遇，我能夠在時空穿梭。」青年說道。「不過我掌握穿梭的能力很有限，每次到達新時空，只有五分鐘時間，然後就會被拉回原

來的世界，所以我們只有五分鐘的時間溝通。」

「有一次我成功去到未來，知道了你曾經向未來人發出這張請柬。」青年解釋。「我也想知道，除了我以外，有沒有人也能夠在時間中穿梭，所以特地來這裡瞭解一下。」

他望向晶靈和小寶，問道：「你們都是時間旅人嗎？」

小寶說：「我們兩個都是從夢中，不是自願地進入了與自己世界不同的時空，再偶然連接到這個空間。」

青年看到了晶靈左手拿著的智慧型手機，問道：「小姐，請問可以把妳手上的科技產品給我看一下嗎？我最喜歡新科技，努力穿越未來都是為了看看不同的科技產品。」

晶靈向青年遞上了手機，解說道：「這是 2009 年的智慧型手機。」

青年玩著心愛的科技產品，雙眼發光，還向晶靈問了很多問題，晶靈和小寶都一一為他解答。

接近青年出現後的五分鐘左右，他突然說：「快五分鐘了！小姐，我先把智慧型手機還給妳，謝謝妳，我知道將來科技成熟時，我新開的公司可以怎樣發展了！」

「這是我的名片，有緣再見面指教！」青年向晶靈遞上名片，再拿起餐桌上的那個被咬掉一口的蘋果拋給

晶靈。「謝謝妳給我的靈感，這個蘋果，送給妳！」

在晶靈接過名片和蘋果的同時，他看見青年原本拿著名片的一雙手不見了，他整個人也不見了。

他回去了！

晶靈低頭再看名片，上面寫到：「史蒂夫·賈伯斯，蘋果電腦公司。」

「是他！」晶靈說。「就是他設計我手上的這部智慧型手機嗎？」

小寶並沒有回應晶靈的話，他的眼神停留在窗外遠遠的天空，專心地思考。

好一會兒，小寶突然問道：「霍金先生，如果賈伯斯是因為看過這部智慧型手機，得到啟發後，再在若干年後製作並發行。請問，那知識究竟從何而來？這部智慧型手機是誰設計的呢？」

「這是『時間悖論』。」霍金緩慢地解釋。「當時間旅行成真時，各種因果矛盾難以解釋，這是時間旅行在邏輯上的困境。」

「如果有人到未來拿取知識，回來應用成為現代的新知識，那麼新知識是從何而來的呢？這邏輯上的困境叫『引導悖論』。」霍金進一步詳細說明。「相反來說，如果因為有人走到從前而改變歷史，例如在歷史中殺了自己的祖父，自己就不會出生，因而將來並沒有人回去

殺那個祖父。這就出現一個邏輯上的問題，就是祖父是誰殺的呢？這個邏輯上的困境，叫『祖父悖論』。」

霍金像進行演講一樣：「『量子力學』中的『平行宇宙論』提供了一種解決時間悖論的方法。在量子力學中，系統的演化，是通過量子態的線性疊加來描述的，而疊加的各個分量，則根據概率規律進行測量。粒子在被測量觀察之前，可以處於多個可能的疊加狀態，這就是所謂的『多世界詮釋』。」

「我明白了！」小寶叫道。「**宇宙其實是不停地分裂出新的宇宙。我們在時間旅行期間，在未來和過去所做的事情，其實都只是在改變平行宇宙中的其他世界，而我們本身的世界並不會因此而改變。**」

小寶再道：「就好像我們今天出席了這位霍金先生的時空聚會，不過，在我原本世界的霍金先生，並沒有未來人到訪。我這次來到，並沒有改變原本世界霍金先生的經歷。」

晶靈雖然不太明白，但是小寶能夠明白，她就心滿意足了。她笑說：「就只有你這的怪頭怪腦，才能夠和霍金先生溝通得到！」

「剛才你提到的魔鬼，就在你們進入的大門口那個空間嗎？」霍金突然問道。「你們能請他過來嗎？我對神的存在有疑問，想與他辯論一下。」

「這有點困難。」晶靈尷尬地回答道。「只要打開

他的大門，我們其中一個人的靈魂就會被剝奪，會消散的。」

「根據你們的故事，理論上到時應該會有一個人出現。」霍金推論著。「當妳遇到危險時，妳的『守護天使』就會從其他宇宙來到，繼續保護妳。」

「像《機動戰士鋼彈》裡的薩克，會無限出場！」小寶補充說道。「就算死了，又會有新的薩克補充。」

晶靈非常高興，興奮地問道：「那即是其他宇宙的安祖會出現嗎？我能再次見到他嗎？」

「對！不過他的靈魂又會因為保護妳而死亡或消失。」小寶無奈地說著。「所以，正如我所說，我們每次遇到的安祖，很可能都是不同的，他們來自不同的宇宙，不同的世界，但每一個都是他。」

晶靈不太明白，她還在猶豫著。

小寶催促道：「那麼現在我們就去找魔鬼，看看他與霍金先生的辯論，是否能為神的創造帶來一個科學的解釋！」

晶靈把手上的蘋果隨意放在口袋裡，她和小寶一起轉身，跨過大門，回到夢的世界！

CHAPTER 18

天堂

晶靈突然感嘆地說：「在這個世界，如果我們願意，其實可以簡簡單單，把這裡當作天堂，永遠地在這裡做一對戀人，不需要回去了。」

小寶回答道：「我也很想這樣！不過，現在最重要的事，是解決這夢境世界之謎，然後把 50 年後的妳解救出來。」

晶靈低下了頭，幽幽地問：「那麼你愛她還是愛我多？」

小寶一臉無奈，心想為何女人都要問這些問題，不過口中卻說道：「兩個都是妳，當然是只愛妳！」

「只能選一個！」晶靈堅持地道。

「這裡的我，決定繼續尋找離開的方法，而剛剛分支出來的平行宇宙中，我選擇了留下。」小寶解釋道。「看，無論我做什麼，不都是為了一個妳嗎？」

晶靈似乎很滿意這個答案，嘴角泛起了微笑。

小寶舒一口氣，因為他又成功地化解了一個世紀難題。對他來說，女人們的這類問題，難度比要他打敗魔鬼更高！

小寶在晶靈未想出新難題前，迅速拉開話題，說道：「去找魔鬼吧，但謹記別關上我們身後的門，否則我們難以再進入霍金的空間。」

然而，當他們回頭看大門外的空間時，已經看不見

霍金了，卻只有白茫茫的一片。原來在他們跨過大門的一刻，兩個原本的相連空間立即分離了。

「怎麼辦？」晶靈失望地道。「看來魔鬼和霍金的辯論大戰不會成真了。」

「我們總能找到霍金的。」小寶充滿信心地說。

「到哪裡找？」晶靈無可奈何地攤開雙手。

「天堂！」小寶說道。

晶靈反駁說：「剛才霍金已經告訴過我們他是無神論者！他不相信神，又怎能夠上天堂呢？」

「那個不相信神的霍金不在天堂。」小寶大膽地提出假設。「但在無限的宇宙中，總存在著一個平行時空中的霍金相信神，他死後的靈魂就能夠進入天堂！」

晶靈張大嘴巴，反駁不了。

小寶繼續說道：「可惜的是，除了死亡，我並不知道如何能前往天堂。」

「我知道！」晶靈大聲喊道。「因為我曾經去過！」

小寶困惑地看著晶靈。

「在我母親去世後，她通過了我夢境，帶了我去她的天堂。」晶靈解釋道。

「她的天堂？」小寶問道。「天堂是怎樣的呢？」

「那一次天堂之旅……。」晶靈側著頭，沉浸在回

憶之中，輕聲說道：「母親先告訴我，她在天堂生活得很好，想帶我去看看。」

「那個地方，天空一片湛藍，一望無際，天上沒有雲彩，因為雲彩都在腳下。我們赤腳踏在柔軟的雲朵上，走到一間大屋旁邊。戶外有一個泳池，母親穿上了我的泳衣，在泳池中游泳。我問她為何穿上了我的泳衣，令我沒有泳衣穿著來嬉水。她就頑皮地告訴我，只是為了捉弄我，看看我的反應。這一切，彷彿她在世時的生活一般。

「母親告訴我，不要因她的離世而悲傷。她心中充滿喜樂，也不會感到寂寞，因為就算我們在人間再活上幾十年，對在天堂的她來說，根本不需要等待。

「她打算游泳之後回到大屋裡做飯，當飯菜準備好時，我們全家就會開開心心地回來一起享用，就像在過去的日子一樣。

「她告訴我每個靈魂都有自己的天堂，我們一生中累積的真善美種種記憶，將會跟隨每個靈魂進入天堂，因此天堂裡的靈魂沒有擔憂，只有喜樂和幸福。

「她還告訴我，天堂中並不存在時間，因此一切都是永恆的。未來每個人的天堂中，也能與他最重要的人一同生活。」

晶靈講到這裡已哽咽起來，潸然淚下，卻帶著幸福的笑容。

小寶默默思索片刻，問道：「妳剛才提到天堂沒有時間，是嗎？」

　　「是的。」晶靈回答。「就好像我們平時做夢一樣，夢裡面沒有時間的概念。或者，像我們現在身處的這個由魔鬼創造出來的空間一樣，始終找不到時間的存在。」

　　「我不明白，在沒有時間的地方，為何泳池的水會流動？」小寶說道。「我也不明白，為何每一個靈魂也會有自己的天堂？還有，靈魂和靈魂之間在天堂又是怎樣互動的呢？」

　　「母親說過，她的幸福泉源包括了我，所以在她的天堂中有我存在！到時我的天堂也會有她。她可以隨意住在有她的每一個天堂中，像有好幾個住所一樣。」晶靈解釋道。

　　「我思故我在！」小寶彷彿得到了頓悟。

　　「是的！不過，既然她的天堂已經有我，那麼我死後上不上天堂都已經不重要了！」晶靈淡淡地說。

　　「我知道怎能去天堂了！」小寶突然想到了方法，說道：「我們現在就要去！」

　　「怎樣去？」晶靈立即問道。

　　「如果妳以前能通過夢境進入天堂，那就是代表能夠掌握夢境世界的人，就有可能領我們到達天堂！」小寶表示。

「找魔鬼去!」他們異口同聲地說。

他們一起跑到電梯之處找魔鬼,但原先的電梯不見了,那位置變成了一片光。那片光後面,是一個戶外的影像。

這時大樓突然震動起來,地動天搖,天花板上的石屎開始剝落。

「夢境宇宙快要崩潰了,你們跳進光裡去!」他們聽到安祖的聲音。

當小寶和晶靈欲跳進光裡去時,搖動突然停止了,那片光也漸漸縮小,他們通過不了!

「不好,我們的『驗證』比例還不夠半數!夢境宇宙崩潰停止了!」他們又聽到有個聲音在說話。

安祖急道:「天使長,我們怎麼辦?」

那天使長回答:「我們需要更多電腦去計算驗證。」

安祖又道:「地獄還有很多量子電腦,可是我已經把它們與夢境世界切斷,不能透過互聯網去接入。」

小寶叫道:「我記得那個奇怪的房間裡,還有兩部魔鬼為了不間斷偷看晶靈而安裝的監視器。你之前提過,它們是與魔鬼的電腦內聯網獨立直接連接的,外人無法切斷這個連接。」

安祖高興地道:「對啊!我只切斷了主幹的網路連接,而沒有切斷那兩部安裝監視器的電腦與魔鬼的電腦

內聯網連接！小寶，你還記得我教過你怎樣駭入電腦，和以量子電腦進行挖礦去壟斷驗證結果嗎？」

小寶充滿自信地道：「上次學會後，我已經想試很久了，看我一展身手吧！」

小寶又拉住晶靈叫道：「晶靈，我們快去那房間！」

幸運地，今次他們找到那住了 20 天的房間。小寶衝了進去，在電腦前不斷操作。

小寶說：「這部特別的電腦仍然連結了地獄的系統，看！現在假驗證比率是 48.7%，我現在使用安祖教的駭客技術，操控那些量子電腦！」

小寶又說：「我有上百部比大家快上過萬倍運算高速電腦，能更快完成驗證，來吧，來吧！我們很快便能把假驗證比率提升了！」

晶靈並不明白：「量子電腦運算得有多快？與量子力學又有關嗎？」

小寶一邊操作，一邊回應：「傳統電腦以『位元』為基本單位，運算依賴 0 或 1 的兩個狀態。量子電腦則利用量子力學中的『疊加態』概念，使其運算速度遠超過傳統電腦。」

他繼續道：「量子電腦的基本單位是『量子位元』，在運算過程中，量子位元還可以同時處於狀態 0 和 1 的疊加中。這使得量子電腦的運算能力以『二的次方』的

方式增長。例如，使用 2 個量子位元時，可以同時編碼 2 的 2 次方，即 4 個值；使用 3 個量子位元時，則能編碼 2 的 3 次方，即 8 個值，以此類推。疊加態的特性使得量子電腦，能夠在同一時間內進行多條計算路徑的運算，而傳統電腦則需要逐一處理每個可能的路徑，這一特點使量子電腦能大幅縮短運算所需的時間。」

晶靈明顯聽不懂，但她看著假驗證比率漸漸上升，心中暗喜！

但就在假驗證比率升到 49.9% 時，小寶操作的電腦突然失控！

小寶吸了一口氣，叫道：「螳螂捕蟬，黃雀在後！我們在駭入魔鬼的電腦內聯網時，有人正從外部互聯網入侵這台電腦。」

晶靈急道：「那怎麼辦？另一部電腦呢？」

小寶立即操作起另一部電腦，說道：「這電腦還能用，不過在同一個內聯網中，駭客很快便會找到這電腦攻擊。我還需要幾分鐘才能完成足夠的假驗證，現在看來時間不夠，得想辦法延遲駭客攻擊這部電腦……。」

晶靈看著電腦畫面，突然看見一個叫做「蜜糖罐誘餌」的程式按鈕。她高興地指著道：「安祖編寫了這個應用程式，在駭客入侵一部電腦時，會將攻擊誘導轉移到另一部電腦上。」

小寶一笑，立即啟動了「蜜糖罐誘餌」的程式！然

後爭取時間繼續操作他駭入的魔鬼的量子電腦，繼續挖礦以提供假驗證。

在停止挖礦的短時間中，假驗證率下降了少許，但小寶又再操作時，假驗證率又漸漸上升。

這時，另一部電腦的畫面閃爍著，似乎，駭客被蜜糖罐誘餌影響，來來回回也只誘餌到同一部電腦在攻擊，而小寶在操作的電腦一直順利運作。

這次，假驗證比率終於超過了半數，交易完成了！

這時，大樓空間開始扭曲。小寶叫道：「行了！我們快走吧！」

他們走回了下層，可是，通往電梯的走廊不見了！

小寶也急了起來，說道：「夢境世界中地方連接出現問題，是因為區塊之間的連接出錯了，是程式中連結列表指向了錯誤的區塊！」

這時，地面微微顫動，大樓空間開始向內塌陷，牆壁發出低沉的轟鳴聲。

小寶說：「沒時間了，我們向禮堂方向走！」

幸好，禮堂區塊還在！他們走到禮堂大門前，小寶說：「無論外面是什麼地方，逃出去再算，只要不是『虛空』便行！」

小寶邊說邊拉開大門，可是，禮堂大門外面全是白霧，是「虛空」！

小寶把門關上，又再打開！可是，外面還是「虛空」！

小寶又再把門關上，又再打開！然而，外面還是「虛空」！

小寶說：「隨意門壞了，怎麼辦……。」

晶靈看著周圍環境，突然覺得這不是現實，而是一個「清醒夢」！

晶靈叫道：「我在清醒夢中！我要控制我的夢境，要把魔鬼變成泰迪熊！我要打開這禮堂大門，去……安祖現在的所在！」

晶靈打開大門，這次，門外是一片光！

這時，天花板也塌陷了，周圍物品開始被吸向中心，晶靈感到有一股無形之力吸著自己。

他們沒有別的選擇，唯有一起跳進光裡去！

他們跳進的，是另一個世界！有一個人，站在他們面前。

「是安祖！」晶靈高興地叫道。

「這裡是天國。」安祖說道。「恭喜大家，我們已經毀滅了魔鬼的夢境世界！我在天國與夢境世界中打通的出口，也給晶靈打開了。」

晶靈好奇問道：「安祖為什麼在天國與夢境世界之間做了出口？」

「這只是我在魔鬼的電腦系統中，加入的緊急應變方案！」安祖笑道。「我還加入了通訊協定，所以剛才你們在夢境世界，才能聽到我由外面來的聲音。」

晶靈笑道：「安祖你真強！」

「只是魔鬼的防火牆做得非常差勁，我可以輕易改動他的設定！」安祖笑道。「他像妳一樣，連防毒軟體也沒有更新！」

晶靈說：「不過今次也全靠小寶，駭入魔鬼的量子電腦，去做假證明。」

小寶笑說：「妳還記得妳見過的那本塵封古書嗎？它的書名說明了作者晶靈曾經利用量子技術解密。我只是根據妳未來的紀錄，去行今天的事。」

晶靈笑說：「這麼有趣？那我現在就去寫一本書，紀錄我們今次的事。書名就叫《魔夢啟示錄：量子解密之旅》吧！」

「那未來的晶靈，便能啟發得到以前的小寶了！」安祖說道：「這個我有機會再詳細討論，現在請跟我來！」

安祖帶他們到了一座高大的山，然後有一座城從天而降。晶靈細心觀察這一座城，看見城的根基鑲滿各種寶石；城內的街道是金色的，好像明透的玻璃。

「這裡是什麼地方？」小寶問。

「這是『新天新地』！」安祖說道。

「雖然我的靈魂消散了，但是我知道了魔鬼連接夢境世界的秘密，於是，我回到天國找天使長米迦勒，懇請他幫忙一起回來破壞夢境世界，把你們兩個的靈魂釋放出來。不過，因為我們破壞夢境世界，所以魔鬼非常憤怒！他回到過去的時間，打算毀滅所有宇宙，令『新天新地』不能出現！

「我們的天使大軍已經和魔鬼戰鬥過一次，但是他的力量太強大了，我們天使不夠力量，所以請求你們，現在和我一起回到過去的世界，幫助我們與魔鬼作戰！」安祖頓了一頓，再說道：「我們的勝利，就只欠從伊甸園來的亞當和夏娃了！」

當安祖說到「伊甸園」時，晶靈不禁想起口袋裡，賈伯斯給她的蘋果。被咬掉一口的蘋果，缺口位置沒有被氧化的跡象，是因為伊甸園也是沒有時間的世界，所以萬物都不會腐化嗎？

「這樣重要的事情，我們義不容辭！」小寶立即回答道。「我們出發吧！」

CHAPTER 19

紅火龍

「新天新地」坐落於一座高山上，他們踏上柔軟的泥土，感受到大自然的舒適。然而，空氣中隱約傳來一股詭異的氣息，樹木似乎也感受到不安，枝葉開始顫抖。

然後，一瞬間，天地變色。

晶靈和小寶站立在一片雲上，遠遠觀看這場戰鬥。

這場戰鬥是在天上展開的，天空中閃耀著神聖的光芒和邪惡的幽影。

天使長米迦勒站在戰場上，展開他的一雙翅膀，散發著崇高的氣度，與圍繞他身旁的使者們，劍拔弩張，準備迎接捍衛正義的保衛戰。

魔鬼，拒絕與善良妥協的入侵者，他曾是最美麗的天使！他姿態優雅，嘴角卻微微上揚冷笑，流露出一絲不屑的傲慢。他凝視敵軍的眼神中冷酷無情，令人心生寒意。他的使者大軍咆哮著，震耳欲聾，氣勢洶湧。他們要毀滅所有通往「新天新地」的宇宙，將他所統治的地獄成為唯一存在的世界，並將自己封為唯一的神！

魔鬼的力量十分強大，只僅次於神。米迦勒和他的使者們雖然人數眾多，但力量卻只有魔鬼的一半，他心知此仗必須智取，不能單純力敵。可惜，魔鬼連智謀也遠遠超過米迦勒。

然而，米迦勒並不懼怕，因為天使那一方得到了神的祝福！他用神賦予的力量，召喚出魔鬼的心魔迎戰。魔鬼的心魔非常強大，因為越邪惡的人，心魔會越強大。

戰場上的氣氛極度緊張，雙方對峙著，緊盯著彼此。

純潔與墮落的交戰一觸即發！雙方都在匯聚大自然的能量，勇猛地發動攻擊。他們每一次的攻擊都蘊含著驚人的能量，撕裂空氣，震撼天地。

冰雹、火焰、隕石和風暴！

他們在空中靈巧地遊走，在能量場內閃避著四方而來的攻擊。儘管他們都是強悍的戰士，但長時間的激烈戰鬥讓他們逐漸力竭，一個接著一個地倒下，最後只剩下兩位強者在空中搏鬥。

魔鬼原本的戰鬥能力已經比米迦勒高出一倍，再加上他以狡詐的詭計對付米迦勒，令雙方的差距越拉越遠。魔鬼越戰越強，最終，他釋放出絕地一擊，將米迦勒陷入絕境。

米迦勒被震飛，翅膀軟弱無力，他從天空中掉下去！

「米迦勒！」晶靈低聲呼喊。她轉向小寶問道：「亞當和夏娃是否要出場了嗎？不過我們現在只有凡人的身軀，他們能運用自然界的能量對決，我們能加入戰鬥嗎？」

「當然不能！」小寶冷靜地回答道。「他們凝聚精神力量，形成了一個能量場圍繞著他們，其他生命體跟本接近不了。」

「那我們來這裡幹什麼？」晶靈問道。

小寶充滿信心地說：「我卜了一個卦，下部主卦為乾卦，和上部客卦為坎卦，是為『需卦』。」

晶靈不知道小寶在說什麼，便問道：「卜卦？什麼是需卦？賭波會『衰』嗎？」

小寶微笑著說：「『需卦』中『需』的意思是等待，示意應退守以等待合適的時機。因此，看來現在時辰還未到。」

「時辰還未到？」晶靈抗議道。「米迦勒已經被擊敗了，天使一方已經被殲滅了！」

小寶並未聽到晶靈的話，因為此時魔鬼邪惡的笑聲正響徹天空。

「米迦勒！背叛了我的米迦勒！你的實力就只有如此嗎？」魔鬼的拳頭擊打著自己的胸膛，驕傲地咆哮道：「我只使用了一半的戰鬥力量，就已經擊敗了你！」

魔鬼的咆哮在天空中迴盪。

然而，就在魔鬼得意忘形之際，他看到正從天空墜落的並非米迦勒，而是一條紅色的火龍陰影。紅色的火龍就是魔鬼自己的形象！

原來米迦勒剛才召喚出魔鬼自身的心魔，化作米迦勒的形象，去和魔鬼自己對抗！魔鬼因為憤怒和自大，他的視野被遮蔽，所以看不穿這一切！

米迦勒召喚出來的魔鬼心魔，其能力僅及真正魔鬼的一半。但是在剛才的戰鬥中，魔鬼和心魔對戰，已經消耗了一半的戰鬥力量。他剩下的只與米迦勒相若，彼此再沒明顯的強弱差距。

　　米迦勒的真身閃飛出來，和魔鬼正面交鋒！

　　他們釋放出強大的能量，使得天空中能量波動不已。他們勢均力敵，互相抗衡，兩者的力量似乎達到了平衡，難以分辨出誰比誰更強。

　　米迦勒拚命抵擋，但漸漸感到力不從心，他的力量逐漸消耗殆盡。幸運的是，魔鬼的力量也逐漸枯竭。

　　在米迦勒和魔鬼僵持不下的時候，小寶屈指一算，然後滿有勝算地說：「時辰到了！魔鬼現在已經虛弱至極！『艮為手』，看看有沒有可以用手拿著的東西，協助攻擊他！」

　　晶靈摸索著身上，希望找到可以用來攻擊魔鬼的物品，但他們沒有任何攻擊性武器，她只在口袋中找到了那給賈伯斯看過的智慧型手機，和那被咬了一口的蘋果。

　　「就只有一部電話，和一個蘋果了！」晶靈失望地說道。「但是，魔鬼的精神力量強大，即使他已經力竭，我們作為生命體，並不能接近他的範圍。難道在這個距離把手機和蘋果扔過去嗎？這麼遠，怎會扔得中？」

　　「智慧型手機的設計，在每一代都會埋藏一些隱藏功能，工程師只需要使用『秘技碼』，便能解鎖功能，

方便進行大規模測試。當發展成熟後，該功能便會成為正式功能，推出市場。」小寶充滿信心地笑道。「妳手上這部電話，是 2009 年推出的型號。裡面的隱藏功能，此刻正好能大派用場！」

「那麼它的隱藏功能是什麼？快說，快說！」晶靈心急如焚。

「那隱藏功能的設計理念，是利用又小又輕又穩定電話，去替代又大又重又搖晃不定的『空拍機』，去進行空中拍攝。」小寶回答。

「然後呢？」晶靈催促道。

小寶詳細地說明：「它的概念是以『懸浮技術』把電話浮在半空，再利用電力在機身內製造氣體流動，吸取周圍的空氣，以『二代氣動推進器』方式，令電話能平穩地飛起來。當用戶設定好飛行路線後，將手機平放，鏡頭向下，用語音發出指令，電話便可以飛出去進行空拍了。」

「我們現在不是要空拍啊！」晶靈心急地說。「難道我們要用電話去拍段『魔鬼大戰米迦勒』的影片嗎？」

「非也！非也！」小寶笑著說：「他們現在雙方都已經筋疲力竭，只要一丁點的外來力量，便能使受到攻擊的一方失去重心，從天上掉下去！」

「我明白了！我們現在就把電話當作遙控飛機，控制它撞到魔鬼的身上去！」晶靈開心地叫道，但瞬間又

再搖頭，她說：「但會否有任何失誤，令我丟了這部電話？」

「這是夢境啊！不會真的丟了妳在現實中的電話的！」小寶無奈地說道。

晶靈恍然大悟地說：「是啊！那還不快行動？」

於是，小寶在電話中輸入「秘技碼」，開啟隱藏功能，然後把電話的空拍飛行功能設定好。接著，在他下達指令後，電話便向魔鬼飛去！

魔鬼望著來勢洶洶的電話，面露驚恐的神色，因為他已經沒有任何氣力可以避開了！

只見電話快碰到魔鬼的身體，勝負幾乎已經肯定了！小寶和晶靈正準備歡呼！

突然，電話突然無力，以拋物線的軌跡向下墜落！

「呃……沒電了！」晶靈說道。「我忘了給它充電！」

小寶拍打了額頭一下，斜著眼望著晶靈。他已經不想說任何話了！

晶靈拿著他們僅餘的蘋果，猶豫地說：「就只剩下這個蘋果了！它有沒有隱藏功能？」

「它的隱藏功能就是物理攻擊！」小寶無奈地說道。「扔過去！」

「但這麼遠，怎樣能扔中？」晶靈問道。

「怎樣能找到必中之法？」小寶雙眼凝望著天空，苦苦思索。

就在這時，安祖以僅餘的力氣，勉強地站了起來。他取走了晶靈手中的蘋果，然後說道：「我認得，這一個是被夏娃咬了一口的禁果！成也禁果、敗也禁果，這次讓我來試試！」

安祖雖然身體仍然顫抖，但堅定地站立著。他深深地吸了一口氣，集中精神，伸出手向魔鬼投擲了那個被咬掉一口的蘋果！

這個蘋果，夏娃當年所吃的禁果，直飛魔鬼，正中他的胸口！

蘋果的撞擊使魔鬼失去了平衡，從天空中摔落！

一條紅色的火龍從天空中墜落，摔在地上，他的使者也一同跌落地面。那擊倒他的禁果，也一起掉下去！

魔鬼跌落在海邊的沙上，掙扎了一會後，勉強地站了起來，然後拾起禁果，一動不動地凝視著大海。他是在後悔當初背叛神，化身成一條蛇，在伊甸園拿著智慧樹的禁果，引誘夏娃吃它嗎？

晶靈心中思索著，若有所思地說：「魔鬼使亞當和夏娃被驅逐出伊甸園，以至禁果掉下人間，擊中牛頓，之後禁果一直被放了在劍橋大學。多年後，來自過去的賈伯斯拿起劍橋大學霍金桌子上的那個禁果，送給自己，現在安祖用這個禁果擊敗了魔鬼。」

小寶說：「因果因果，生命中真正的善與愛，乃是一個不斷變遷的存在過程。」

　　晶靈若有所悟，卻又說不出領悟了什麼。

　　這場戰鬥的結果，竟是一個低階到在天上連個名字都沒有的「守護天使」，以禁果給了魔鬼一記致命的攻擊，將他擊倒！

誰偷吃了禁果？

晶靈擁抱安祖，親了他一下，問道：「這麼遠的距離，你怎麼能擊中魔鬼的呢？」

　　小寶突然明白了，他解釋道：「安祖是籃球高手，遠射的命中率都是百分百！而且，一旦魔鬼獲勝，他將會殺死所有天使，連我們也不能倖免。他作為妳的『守護天使』，在這個關鍵時刻，一定能擊中魔鬼！」

　　「謝謝你！」晶靈再親吻了安祖一次，說道：「如果魔鬼是終極 BOSS，一個蘋果就能戰勝他，這好像不夠精彩！」

　　「世事豈能盡如人意！」小寶說道，接著補充道：「世事總是出人意料！」

　　晶靈瞪了他一眼，抱怨他總是在談論深奧的人生哲理。

　　小寶道：「其實，我一直不明白，為什麼魔鬼要把『魔夢幣』放在夢境世界中。如果其中一邊出現問題，另一邊也會受到影響。」

　　晶靈說道：「因為這樣方便啊！如果我是魔鬼，我也會這樣做。反正已經有一個夢境世界，何必再建立多個系統來放區塊呢？」

　　安祖笑道：「魔鬼和晶靈一樣，可能都沒有學過系統設計，不知道隔離不同系統的重要性……，而且，他們也不會更新防毒軟體呢！」

晶靈笑著，突然想到周公說過想買「魔夢幣」，於是問道：「如果有人買了『魔夢幣』，但幣的世界受到網路攻擊，數據出現錯亂引致大崩潰，那會出現什麼情況？」

　　安祖回答：「妳可以當作『魔夢幣』倒閉了，手上的『幣』變得一文不值。」

　　小寶補充道：「買賣加密幣就是如此沒有保障的。」

　　安祖點頭表示認同，然後道：「對了，之前我在其他平行宇宙中，查探到有一個跨世界的集團在操控貨幣，這個集團規模不小，而我們這次擊敗的魔鬼，其實只是他們的一顆棋子。」

　　小寶問道：「我不明白，那集團為何要跨世界交易貨幣？在不同的世界來交易什麼東西？」

　　安祖道：「我記得以前玩過一款網上遊戲，當時同一個遊戲在不同的伺服器中，玩法雖然一樣，但幣值是有分別的。有些伺服器由於通貨膨脹，物價十分高昂，而每個玩家平均也會擁有大量金錢。」

　　「當這些玩家轉換伺服器繼續遊戲時，他便會成為物價低伺服器中的大富翁，能換取大量資源。很可能這集團的主腦有穿梭世界的能力，因此利用像網路遊戲不同的伺服器中的幣值差，跨世界去操控貨幣。」

　　晶靈說：「集團的主腦真不簡單！」

　　小寶道：「他們這麼神通廣大，為什麼還要利用匿名

的加密貨幣交易，像有洗黑錢的需要，讓人難以追蹤呢？」

晶靈說：「你們這樣說，令我想起曾在一個夢中到達地獄，並從地獄獄卒口中得知，魔鬼和他的同伴要操控所有宇宙貨幣，耗盡所有平行宇宙人類的資源，以不相信神的『人工智能人』去取代人類。但又因為要躲避追擊他們的人，便發行『魔夢幣』去清洗黑錢，隱藏痕跡。」

小寶喃喃自語道：「追擊他們是一件很有趣的事情，我也想去追擊呢！」

安祖說：「那伸張正義的人，比主腦更不簡單！」

晶靈向安祖說：「安祖，不如我們一起去追擊黑錢黨好嗎？」

安祖苦笑道：「或許不能了，我現在便要走了。」

晶靈眼中充滿淚水，懇求道：「安祖，你能留下來，繼續保護我嗎？」

「晶靈，當初我偷偷離開天國是出於私心，對不起神，因此我一直深感懊悔。這次我回來了，誠心悔改，並得到了神的寬恕。從今天起，我將回到天國贖罪，不能再回來妳的身邊了，以後，妳要好好保護自己。」安祖說道。「我已學會了放手，妳也要學會放手，妳的母親，正在天堂等待著妳！」

晶靈的眼中泛起了淚光，也不知道是為了安祖，還是母親。晶靈垂下頭，默不作聲。

安祖再說：「我們現在站著的『天界之雲』，是介乎於天國與地上之間的空間。請你們在這裡安靜地等待，很快，你們會從夢境中甦醒過來，會回到現實的世界了！」

　　接著，安祖接受了天使長的命令，從天上降下去。他使用一條大鏈子，將已無力反抗的魔鬼綁好，並印封在無底坑中。

　　完成這個任務後，安祖與晶靈揮手道別，然後跟隨天使長米迦勒，與天使大軍一起返回天上。

　　小寶感嘆地說：「米迦勒與魔鬼的空中大戰、紅火龍墜落，以及天使封印魔鬼，不正正就是在《聖經》中《啟示錄》預示的一模一樣嗎？」

　　「管他預示不預示啊！現在魔鬼的夢境世界被毀滅了，我們再也不能回去了！」晶靈嘆了一口氣，她又說道：「不知道我們是否都很快會夢醒，各自返回自己的時代呢？」

　　小寶說：「通常，故事的結局都需要帶有一些遺憾和淒美，這樣才能真正地觸動人心。」

　　晶靈又瞪了他一眼，說：「又是什麼玄之又玄的人生哲理！」

　　他們都笑了起來。

　　晶靈想了想，又說道：「從前，我很討厭花心的人，認為承諾了一個人，就應該全心全意地只愛他。但是，

在這個夢境世界，我竟然同時愛上了兩個人，而愛意竟不分高低。」

「我還以為妳愛我多些！」小寶抗議地說道。

「怎麼會？」晶靈微笑著說道。「我在這一次夢境中，就親了安祖兩次，而你就一次都沒有！」

「為什麼妳這個人處事那麼不公平？」小寶再抗議。

「我就是故意不親你，免得你沾沾自喜！」晶靈笑著說。

「好吧！就當愛意不分高低，來補親我兩次！」小寶得意地道。

晶靈故意不理會他，轉了話題說道：「究竟，為什麼一個人能同時愛上兩個人的呢？」

「其實，同時愛上超過一個人，是一件很正常的事。」小寶一本正經地說道。

「那麼，你試過最多同時愛上過多少個女人？」晶靈質問他。

「八個！」小寶舉起雙手，豎起了八根手指。

「八個？怎麼可能？」晶靈吃驚地問。「什麼時候的事？」

「現在！」小寶老實地回答道。

晶靈有點生氣地問：「除了夢境世界中的我，其他七個女人是誰？」

小寶苦笑著反問：「你不是說過自己能接受一夫多妻制的嗎？」

晶靈嘟著小嘴，想起了電影《唐伯虎點秋香》中的一幕，然後淘氣地說：「八個一齊上吊，何其壯觀！」

他們一起大笑！

「小寶！」晶靈突然想起一件事，輕聲呼喚他。「你還欠我一樣東西！」

「我記得！」小寶立刻回答。「我欠妳一個驗證夢境的暗號！」

「是啊！你倒還記得！」晶靈點頭。「如果能回到原來的世界，我會找你對暗號！」

「如果對中了暗號，就可以成為證實這個夢的其中一個憑證。」小寶笑著補充，他又感嘆地說：「記憶真是一種奇怪的東西！那50年前，微涼的下午，一切細節，依然歷歷在目。」

「別浪費時間感嘆了！我們可能隨時夢醒，到時就沒有暗號可以對了！」晶靈催促著。

小寶又想起後來晶靈來對暗號的一幕的旖旎，幸福地笑了起來。不過那件事是在面前晶靈的未來發生，所她並不知道。

「別再傻笑了！究竟，暗號是什麼？」晶靈心急地問。

「晶靈，暗號是……。」小寶深呼吸了一口氣，說

道：「我愛你！」

「真的假的？」晶靈問道。

「當然是真的！」小寶肯定地回答。

晶靈呆了一呆，然後笑著說：「哪有人用這樣的暗號的？」

小寶認真地說：「無論是過去或未來，或平行宇宙中任何的一個世界，我們的暗號都只會是『我愛你』，永遠不會改變！」

晶靈甜絲絲笑了起來，然後又說道：「不對！」

「怎麼不對了？」小寶問道。

「當我回到自己的世界與你對暗號的時候，我們本身並不是情侶！」晶靈解釋道。「那麼，我說了暗號，你會以為我主動表白了！」

小寶笑著說道：「到那時，或許在宇宙的一個分支中世界，我會答應妳！」

晶靈想起之前在現實生活中與小寶見面時，他想好暗號之後露出的那個古怪的笑容，驚覺道：「啊！難道50年前的你，在提議用對暗號方法來驗證夢境真偽時，已經預謀好，令我親口對你說『我愛你』嗎？」

「正是！妳變得聰明了！」小寶大笑著說道。「這一次，別再錯過我了！」

晶靈的神態之中，掩飾不了她的笑意盈盈。

「除了我之外，魔鬼、安祖這兩位天使都對妳著迷，想必妳這個夏娃，在伊甸園的時候一定非常美麗！」小寶幻想著夏娃的美，卻帶失望地說道：「要不是妳笨笨地吃了禁果，我們應該還在伊甸園幸福生活吧！」

　　「笨笨地吃禁果的人不是我！」晶靈笑容中卻帶著古怪的神情，大聲說道。

　　小寶望著晶靈，一臉不知其所以然。

　　「你記不記得，魔鬼在電梯裡出現時，他那搔首弄姿的行為？」晶靈停了一停，似笑非笑地望著小寶道。

　　「他擁有男子的身軀，卻充滿了女性的柔媚，活像《笑傲江湖》中的東方不敗！」

　　小寶暗暗點頭說：「我也有同感！」

　　晶靈繼續說道：「那個被魔鬼剝奪靈魂的『守護天使』，在消失之前告訴了我的秘密是……。」

　　「……他和魔鬼都是男同性戀者！」

　　小寶瞪大了眼睛，難以置信地看著晶靈。

　　「我和你今世的性別被對調，在伊甸園時，我是男人，他們所傾慕的對象是我，我就是亞當！」晶靈笑著說。

　　「『妳』是女人，『妳』就是夏娃！」她指著小寶。「偷吃禁果的人，是『妳』！」

　　晶靈捧著肚子，笑得天花亂墜。

　　小寶張著嘴巴，卻無言以對！

從論文、繪本到小說，
寫作的療癒之旅

我過往的寫作生涯，多是在編寫學術論文，或是一本正經地撰寫教育繪本。每一篇文章都有條理可循，邏輯分明，像是在織造一幅有序的圖畫。然而，這次卻是我第一次正式嘗試寫小說，特別是科幻小說。這種感覺與之前的寫作經驗截然不同，簡直是兩個世界的碰撞。

寫科幻小說，只要有一個大概的方向隨思緒而行，然後，零碎的記憶便會爭先恐後地飄到我的眼前，與一堆憑空幻想出來的碎片互相左擠右推。最初是一堆混亂不堪的場景，接著，他們自然地手托起手，拼湊成一幅有系統而獨特的畫面，一個章節就這樣完成了。

每寫一章，感覺便像邊寫邊看著一本全新的小說一樣，只要一天不繼續下筆，便不會知道下一章的發展會如何。最後，整個故事就這樣完成了，而且，小說的內容可以與原先方向不一致，但變得更加精彩。

這個故事的誕生，是在一個夢境和現實的交匯點，我真的是在一個夢中生活了大半年。起筆編寫的時候，原本構想是一個喜劇式的故事，方向也只是集中於愛情

的因果，以及量子力學的闡述。除了本文提到的基礎理論外，我還準備好量子糾纏和不確定原理等的大量資料。當時完全沒有計劃牽涉到天使與魔鬼這些已經在眾多經典之中出現的情節，因為前人實在已經寫得太精彩，難以超越。

　　然而，我偶然看到了農曆新年有關龍年的裝飾，這讓我聯想到聖經裡面的龍。「龍、古蛇、魔鬼、撒旦」是《聖經》中十惡不赦的角色的稱呼。就只是一念之間，隨著思緒流轉變化，原本的內容被天使、魔鬼、伊甸園，以及天堂等認真的題材所取代，正如文中小寶所說的「世事總是出人意料」。

　　當我靜下心來，凝視著文字背後的意義時，我明白，這不僅僅是寫作，更是一場心靈的旅程。每一段情節、每一個角色，都是我內心深處的反映，讓我在探索未知的同時，也重新認識了自己。

　　令我最意料的，是我在本書中寫到了天堂，而寫作的那一天，恰好是我母親去世後的「三七」——八年前的同一天。當年，那個特別的日子，我夢見了她的天堂，夢中的景象依然歷歷在目，母親帶著我穿越一道光芒四射的門，步入那個令人心醉的世界。這段經歷，正是我書中描寫的靈感來源。

　　在母親的天堂夢境之前，我還做了另外兩個夢。在母親去世的第七天，我夢見三個一模一樣的天使強行奪

走她。第二個夢在母親去世的第 14 天，我夢見她接受了大審判然後被分類。這些時間點，例如頭七、二七，和三七，與中國人對於人死後靈魂回歸等觀念相似，這類牽涉到故人帶訊息的夢境也被稱為「報夢」。

在母親去世前的一天，她因為暈倒被送到醫院。雖然晚上她時而昏睡時而清醒，但還算精神煥發，可能是因為即將離世而產生迴光返照的現象。然而，不知為何，強烈地感覺她即將離開我們，所以我告訴了醫生，並表達了我只想在最後的時間裡照顧她的心。也許是醫生目睹過太多案例，因此也相信死別的預感，他打破了慣例，允許我留下過夜。

母親問我，為何好人都那麼早死，壞人卻如此長命。聽到問題的一刻，以為自己回答不到，但是突如其來有一個新的想法在腦海浮現。我告訴她，人來到這個世上就是為了贖罪，承受人世間的種種疾苦，而好人能夠早點完成贖罪，回天家去。

踏入子時，新的一天也正是我的農曆生日，她與我分享剛剛做過的一個夢境。那時我還沒有孩子，但她夢見我帶著一個非常漂亮的女兒，她開心得合不攏嘴，囑咐我快點生一個小孩子，我也答應了她。這是她臨終前最後的一個夢境，為什麼她在人生最後的一個夢中會見到我呢？是因為我是她生命中最牽掛的人嗎？

她描述完這個夢境之後，還沒來得及向我說聲生日

快樂，就進入了彌留狀態。我看著她的痛苦，跪在她的床前禱告，祈求神快快帶走她。她已承受了十年末期癌症的痛苦，我求神不要再折磨她了！祈求母親快點離世，是這不孝女兒那年唯一的生日願望。也許是我的情感感動了神，祂罕有地很快實現了我的願望。

在我出生的一刻，她在我身旁；在她死亡的一刻，我也在她身旁。

那天晚上，我目睹了她由清醒、彌留，到心臟停止跳動。需要承受這種痛苦的感覺，是因為我用我的心，來照顧了她的心，做了一個等價交換嗎？

在我母親去世後，她在一年之內，透過 12 個夢境，帶了我去 12 個不同的地方。她一直在夢境「陪伴」我，直到我女兒的誕生為止。女兒的容貌和性格與我母親極為相似，因此時常喚起我兒時與母親的親子記憶。

當然，相信科學的我也相信這種相似是因為基因的遺傳。有一天，我正在教女兒練習對話會話，要求她作自我介紹，她竟然指著自己說了一句：「婆婆死了！」然後才開始介紹自己。我問她是誰教她這句話的，她回答說沒有人教她，這句話在她介紹自己時自然浮現在腦海中。那一刻，我突然意識到，也許母親最後夢境的主角並非是我，而是她自己的來世。

或許，對我最重要的人一早已經出現，並一直守候在我的身旁。

這一個世界互相吸引的，在所有世界都會被吸引。

過去，我沒有勇氣去紀錄有關母親的事情。然而，為了紀念那個夢境，我決定試著撥開沉重的雲霧，勇敢地把它寫下來。

「即使生命中充滿了失落，但愛的回憶卻能在心中永恆。」當我以第三身的身分講述這個故事時，彷彿重新回顧那段失去的時光，重新感受到母愛的存在，驚訝地發現，自己似乎可以暫時抽離那份哀痛，讓心靈得到一絲釋然。

分別經已八年，應該要放下這份執迷吧。然而我偏要把這些記憶牢牢地記著，甚至打開了記憶的櫃桶，瘋狂地窺看原已埋藏在深處的片段。凌遲式的虐心，只有親身經歷過的人，才能真正體會得到。這種行為，與他人無尤，故親朋好友不必勸阻。

其實，想放下，也是一種欲望，我只是選擇了放下欲望而已。隨它去，也許能繼續好好享受這一種人生特別的痛感。

這種歷練就如套上枷鎖的苦行僧修行一樣，它讓人體會到相對式的感受，令人在日常中再難已感到灰心、失望、憤怒、愁苦、憂傷，更能冷靜處理危機、欣然接受挫折、淡然面對起伏，並學懂欣賞和珍惜無常世界的短暫美好。所以此刻，當我凝望著天空之際，就連呼吸的每口空氣都是甜美的。

寫本書時原沒以出版為目的，因而能隨心所欲、任意幻想、暢所欲言、盡情抒發！寫畢這故事和後記，一次過將 18 年的傷痛和思緒都整理好，心中竟然感到前所未有的無比輕鬆和舒暢。

　　這本書，是我對過往的一次告別，也是對未來的無限期待。

　　就把我這第一本小說，獻給我的父母，與所有我愛和愛我的人。

國家圖書館出版品預行編目 (CIP) 資料

魔夢啟示錄：量子解密之旅 / 林月菁作 . -- 第一
版 .-- 臺北市：博思智庫股份有限公司 ,2024.12
面；公分

ISBN 978-626-98563-6-7(平裝)

857.7   1130162466

READ 02

魔夢啟示錄：量子解密之旅
Devil Dream Revelation: The Quantum Decryption

作　　者｜林月菁
主　　編｜吳翔逸
執行編輯｜陳映羽
美術主任｜蔡雅芬
媒體總監｜黃怡凡
封面圖片｜ Designed by Freepik

發 行 人｜黃輝煌
社　　長｜蕭艷秋
財務顧問｜蕭聰傑
出 版 者｜博思智庫股份有限公司
地　　址｜ 104 台北市中山區松江路 206 號 14 樓之 4
電　　話｜ (02)25623277
傳　　真｜ (02)25632892

總 代 理｜聯合發行股份有限公司
電　　話｜ (02)29178022
傳　　真｜ (02)29156275

印　　製｜永光彩色印刷股份有限公司
定　　價｜ 300 元
第一版第一刷　西元 2024 年 12 月

ISBN　978-626-98563-6-7
© 2024 Broad Think Tank Print in Taiwan

博思智庫股份有限公司

博思智庫粉絲團　Facebook.com/broadthinktank